Ursula Poznanski

Spanier küssen anders

Edith Thabet

Fun & Sun & Mondscheinküsse

Ursula Poznanski

Spanier küssen anders

In der Reihe Lipgloss bis jetzt erschienen:
Dicke Luft & Pferdeduft ISBN 978-3-7074-1289-5
Erster Kuss & Regenguss ISBN 978-3-7074-1066-2
Coole Tipps 4 coole Girls ISBN 978-3-7074-1393-9
Luxus, Liebe, Partyzauber ISBN 978-3-7074-1105-8
Liebesbrief & Sommerküsse ISBN 978-3-7074-1147-8
Verhext, verknallt, auf Wolke 7 ISBN 978-3-7074-1191-1

www.ggverlag.at

ISBN 978-3-7074-1425-7

In der aktuell gültigen Rechtschreibung

1. Auflage 2012

Umschlaggestaltung/Umschlagillustration: Kirsten Straßmann
Printed by Litotipografia Alcione, Lavis-Trento, über Agentur Dalvit, D-85521 Ottobrunn

Inhalt

Was zu viel ist, ist zu viel!

Wie weh ein Umzug tun kann, kapiere ich in dem Moment, als mir Mama mitten im Stiegenhaus ihre Schlafzimmerkommode auf den linken Fuß fallen lässt. Okay, es hat vorher schon wehgetan. Immerhin verlassen wir ein echt nettes Fünf-Zimmer-Haus mit Garten und ziehen in eine von Freaks bevölkerte Wohngemeinschaft. Was für eine Schnapsidee. Ich mach das nur Mama zuliebe mit – und als Dank zerquetscht sie mir den Fuß.

Erst jaule, dann fluche ich, beides so laut, dass man es garantiert im ganzen Haus hört. Prompt geht oben eine Tür auf. „Seid ihr das?“, ruft eine Frauenstimme.

Mama kann nicht antworten, sie heult schon wieder. „Meine Schuld“, schluchzt sie. „Alles geht schief.“ In Wahrheit denkt sie natürlich, dass alles Papas Schuld ist und die Schuld des Blondfisches, mit dem er seit drei Monaten zusammen ist. Mama würde gern von mir hören, dass keineswegs alles schiefgeht, sondern dass alles gut ist, und ich mich auf die neue Wohnung freue. Aber ich kann nicht gleichzeitig die Zähne zusammenbeißen und lügen.

„Nina?“, sagt Mama mit tränenschwerer Stimme. „Soll ich dich den Rest der Treppe tragen?“

„Und mich genauso fallen lassen wie die Kommode?“, ergänze ich in Gedanken. „Nein, geht schon.“ Ich humple ein paar Stufen höher, die Riesentasche mit dem Inhalt meines Kleiderschranks immer noch tapfer über der Schulter. Von oben klappert mir jemand in Pantoffeln entgegen und Isabell taucht auf. Isabell, Mamas drittbeste Freundin, mit der ich noch ein Hühnchen zu rupfen habe. Der Floh in Mamas Ohr, dass es eine coole Idee wäre, hier einzuziehen, stammt von ihr. „Hier bist du nie allein, bist trotzdem frei wie ein Vogel und fühlst dich, als wärst du wieder 18." Hat Isabell gesagt und Mama hat's geglaubt. Ob sie sich jetzt wie 18 fühlt, weiß ich nicht, ich jedenfalls humple durchs Treppenhaus, als wäre ich 80.

„O weh, Nina, was ist passiert?", flötet Isabell, wartet die Antwort aber nicht ab, sondern stürzt sich auf die tränenaufgelöste Mama.

„Süße, lass es raus. Den Schmerz, die Wut, alles. Du hast ein Recht dazu."

Ich habe mich mittlerweile bis in den dritten Stock hochgekämpft und stehe in der Tür zu meinem neuen Zuhause. Dort drehe ich mich noch einmal um und brülle „Scheiße!" durchs Stiegenhaus. Die Akustik ist hervorragend. Mama und Isabell starren mich fassungslos an und – immerhin – Mama hat zu heulen aufgehört.

„Was war denn bitte das?", will Isabell wissen.

„Ich lasse den Schmerz und die Wut heraus", sage ich. „Tut übrigens gut." Mit diesen Worten hinke ich würdevoll über die Schwelle.

Zwei Minuten später ist es mit meiner Würde vorbei,

nachdem ich gesehen habe, welches Loch mir Mama und Isabell als Zimmer zugedacht haben. Mein Bett und ein Schrank stehen schon drin – damit ist das Zimmer voll. Wenn ich mich seitlich drehe, kann ich mich gerade noch mit hineinzwängen. Irgendein Komiker hat auf das winzige verbleibende Stück Boden einen waschlappengroßen Teppich gelegt. Immerhin gibt es ein Fenster, doch das ist viel zu klein, um sich hinauszustürzen.

„Wo soll mein Schreibtisch hin?", frage ich Mama und Isabell, die wie zwei schuldbewusste Schatten hinter mir stehen. „Mein Computer? Der Fernseher? Der DVD-Player?"

„Die Hausaufgaben", murmelt Mama, „kannst du gern in meinem Zimmer machen."

„Oder in der Küche", ergänzt Isabell. „Dort wirst du meistens Gesellschaft haben. Und was den Fernseher angeht, so haben wir einen gemeinsamen im Wohnzimmer."

Das ist zu viel. „Ich ziehe zurück zu Papa", verkünde ich und kehre der Besenkammer den Rücken, woraufhin Mama sofort wieder Tränen in den Augen hat.

„Ist gut, Nina. Ich verstehe das. Ich dachte nur, es wäre vielleicht … auch für dich … irgendwie …" Der Rest geht in Schluchzen unter.

In Wahrheit würde ich natürlich nie bei Papa wieder einziehen, weil das Mama gegenüber furchtbar unfair wäre und weil ich sauer auf ihn bin, wegen des Blondfischs.

„Keine Panik, ich bleib eh da“, grummle ich und wuchte meine Tasche aufs Bett. „Wird schon irgendwie gehen.“

Danach zeigen sie mir Mamas Zimmer, das fünfmal so groß ist und deutlich hübscher. Dafür – ich schnuppere angewidert – stinkt es hier. Es stinkt angebrannt und ein bisschen nach alten Blumen.

„Das sind Rajans Räucherstäbchen“, erklärt Isabelle. Sie spricht den Namen wie *Radschan* aus. „Er fackelt immer 30 davon gleichzeitig ab, wenn er meditiert, und er hat das Zimmer neben dir, Katja.“

Mama kann ihr Entsetzen nicht ganz verbergen. „Das war aber nicht so, als ich das letzte Mal hier war.“

„Keine Sorge“, sagt Isabell und reißt beide Fenster weit auf. „Der Geruch verzieht sich schnell. Und du kannst das mit Rajan sicher ausdiskutieren.“ Mama lächelt tapfer und wir folgen Isabell zur benachbarten Tür, auf die jemand ein paar hässliche indische Tempeltänzerinnen gepinselt hat. Auf Isabells Klopfen öffnet ein Glatzkopf mit langer Nase und nacktem Oberkörper. Immerhin unten hat er etwas an – schneeweiße weite Hosen. Durch die offene Tür dringen müffelnde Nebelschwaden.

„Rajan, das sind Katja und Nina. Katja hat das Zimmer neben dir und würde sich freuen, wenn du dich mit deinen Räucherstäbchen zurückhalten könntest.“

Der Glatzkopf sagt erst mal gar nichts. Er glotzt erst Mama ausgiebig an, dann mich, dann verbeugt er sich mit vor der Brust zusammengelegten Händen. „Ich bin Rajan Premal Yogendra“, sagt er feierlich. Sonst sagt er nichts. Mama sagt auch nichts, aber ich kann sehen, was sie denkt. Und zwar das Gleiche wie ich, nämlich dass der Kerl überhaupt nicht indisch aussieht, sondern im Gegenteil, ziemlich blass und blauäugig. Ich spähe an ihm vorbei in sein Zimmer. Viel roter Plüsch, eine goldene Buddha-Statue und ein ebenso goldener Gong. An der Wand hängen diverse Bilder von sich verrenkenden Menschen.

„Ich bin Yogalehrer“, sagt Rajan mit sanfter Stimme. „Ich unterrichte Yoga, Ayurveda und Stressbewältigung.“

„Interessant“, sagt Mama, während ich langsam Kopfweh kriege von dem Räucherzeug und froh bin, als der Yogamensch seine Zimmertür wieder schließt – nachdem er sich noch einmal feierlich verbeugt hat.

„Außerdem wohnt noch Lennie hier, aber der ist Koch und gerade nicht zu Hause“, erklärt Isabell und führt uns passenderweise in die Küche. Sie und Mama stoßen mit Sekt auf unseren Einzug an, ich kriege säuerlichen Orangensaft. Beim zweiten Schluck klingelt mein Handy. Es ist eine SMS, von Vicky.

Hi, Süße! Schon umgezogen? Alles cool in der neuen Wohnung? Ist sie brauchbar als Partyzone? Kuss von mir und Simon, Vicky xxx

Der letzte Satz versetzt mir einen kleinen Stich. Kuss von Simon? Hat er das selbst gesagt oder schreibt Vicky das nur einfach so hin? Egal. Ich antworte ihr, dass hier alles umwerfend ist und voller Überraschungen. Damit habe ich noch nicht einmal gelogen. Zum Schluss schreibe ich *Kuss an dich und Simon* und hauche (weil gerade niemand hersieht) tatsächlich ein Küsschen aufs Handydisplay.

Danach wird es langweilig. Mama unterhält sich mit Isabell über ihre Ausstellungen – Isabell ist Malerin – und trinkt noch zwei Gläser Sekt. Ich sitze da und betrachte die mit Zetteln gespickten Küchenwände. Seltsame Botschaften finden sich da.

Wer Käse verschimmeln lässt, muss ihn auch wegwerfen! steht auf einem von ihnen und darunter, in anderer Schrift: *Das Gleiche gilt im Fall verschimmelter Zitronen!*

Ein weiterer Zettel verkündet, dass Zigarettenasche im Waschbecken eine Zumutung für Nichtraucher ist. Auf den dritten Zettel hat jemand *Ich vermisse eine ganze Portion Tiramisu und 200 Gramm Roastbeef!!!* geschrieben.

Witzig. Vielleicht sollte ich auch einen Zettel anbringen: *Ich vermisse mein altes Zimmer und meinen Internetanschluss!* Stattdessen gehe ich zum Kühlschrank, entdecke eine Flasche Bitter Lemon und schenke mir großzügig ein. Isabells Aufschrei kommt zu spät.

„Das zweite Fach von unten gehört Rajan! Das musst

du bitte respektieren, Nina.“ Einigermaßen verblüfft schaue ich zwischen Flasche und Kühlschrank hin und her. „Und welches Fach gehört uns?“

Es ist das dritte, und natürlich ist es leer. Mama schaut hastig auf die Uhr und beschließt, noch einkaufen zu gehen, damit wir beim morgigen Frühstück nicht aus fremden Kühlschankfächern räubern müssen. „Zum Abendessen lassen wir uns Pizza kommen“, verkündet sie im Gehen. Isabell verabschiedet sich ebenfalls, sie zieht sich in ihr Zimmer zurück, um zu malen.

Einsam und angeödet bleibe ich in der Küche hocken. Am liebsten würde ich Vicky anrufen und ihr die Ohren volljammern, aber andererseits habe ich überhaupt keine Lust auf Mitleid. Viel größere Lust habe ich, irgendetwas gegen die Wand zu schmeißen. Zum Beispiel diese blaue Kaffeetasse da, von der mich ein knallgelber Smiley angrinst. Aber wahrscheinlich hängt dann jemand einen weiteren Zettel an die Wand: *Fremde Tassen sind mit Respekt zu behandeln. Wer sie zerstört, muss den vergammelten Käse aus dem Kühlschrank fressen.*

Ich schleiche in mein so genanntes Zimmer zurück und werfe mich aufs Bett. Keine Lust, auszupacken. Keine Lust, im Gemeinschaftswohnzimmer fernzusehen. Keine Lust auf irgendwas. Ich boxe in den Kopfpolster. Wenn ich wenigstens einen Freund hätte. Aber ich muss mich ausgerechnet in einen verlieben, der vergeben ist. An meine beste Freundin.

Vickys Silberherz

Die erste Nacht in der Wohngemeinschaft schlafe ich total unruhig und träume lauter wirres Zeug. Ich versuche zum Beispiel Vicky und Simon davon zu überzeugen, dass sie überhaupt nicht zusammenpassen, weil sie beide blond sind. Ich dagegen bin dunkelhaarig, erkläre ich, und deswegen die einzig Richtige für Simon. Im Traum lacht Vicky laut und lang und hat plötzlich eine Glatze.

Als der Wecker klingelt, kapiere ich erst überhaupt nicht, wo ich bin. Wieso schlafe ich in einer Abstellkammer? Nur langsam fällt mir alles wieder ein, die ganze grausame Wahrheit. Nur eines fällt mir nicht mehr ein: Wo war hier noch mal das Klo?

Schlaftrunken wanke ich aus dem Zimmer. Da rechts ist Mamas Tür, daneben die von dem Yogi – ist die Tür gegenüber die Klotür? Ich drücke die Klinke hinunter und stehe in einem blau gestrichenen Zimmer. Von dem ebenfalls blauen Bett an der rechten Wand her klingt dröhnendes Schnarchen.

„Entschuldigung“, sage ich viel zu laut und mache viel zu schnell die Tür wieder zu. BUMM! macht es und das Schnarchen verstummt.

Bei der nächsten Tür habe ich endlich Erfolg mit meiner Klo-Suche. So etwas Ähnliches wie Erfolg jedenfalls, denn es ist besetzt. „Guten Morgen“, trällert Isabell von innen. „Ein Momentchen Geduld noch.“ Das Momentchen dauert ziemlich lang. Bis Isabell endlich die Tür entriegelt und in einem rosaroten Morgenmantel an mir vorbeirauscht, hopse ich schon nervös von einem Bein aufs andere.

„Es gibt übrigens noch ein zweites WC, gleich neben der Küche“, verkündet sie. Ich frage nicht, warum sie mir das nicht gleich sagen konnte, dafür habe ich es viel zu eilig.

„Ich habe auch eben die neue Liste aufgehängt, da kannst du gleich nachsehen, wann du dran bist!“, höre ich sie noch rufen.

„Welche Liste braucht man denn am Klo“, überlege ich noch, da habe ich sie schon entdeckt. Ein hellgrünes Blatt Papier, säuberlich an die Innenseite der Tür geklebt:

Putzdienst für Klo und Badezimmer
Montag: Isabell
Dienstag: Rajan
Mittwoch: Lennie
Donnerstag: Katja
Freitag: Nina
Samstag: Rajan/Lennie
Sonntag: Katja/Nina

Falls das witzig sein soll, kann ich nicht lachen. Niemand hat je ein Wort darüber verloren, dass ich in der Wohngemeinschaft *putzen* muss! Noch dazu das Klo. Immer war nur die Rede davon, wie viel Spaß das Leben in einer WG macht. (Mama spricht es immer Weh-Geh aus.)

Mit zusammengekniffenen Augen mustere ich die Liste. Ha! Isabell hat sich selbst nur ein einziges Mal eingetragen, alle anderen kommen öfter dran. Das könnte ihr so passen!

Vor dem Badezimmer das gleiche Drama: Abgesperrt. Von drinnen hört man das Rauschen der Dusche und den Gesang einer schwankenden Männerstimme. Der Yogi, jede Wette.

„Ich hab es eilig, ich muss in die Schule", rufe ich durch die geschlossene Tür, doch der Kerl singt einfach weiter. Irgendetwas Indisches.

Ich bin zwar bald 15, aber es hilft nichts: Ich muss Mama zu Hilfe rufen. Die sitzt schon gemütlich in der Küche und trinkt mit Isabell Kaffee. Ich schnuppere. Mama riecht nach Seife und Parfum, sie muss es geschafft haben, Rajan zuvorzukommen.

„Der Stressbewältigungstyp besetzt das Badezimmer, so schaff ich es nie pünktlich in die Schule!", beschwere ich mich. Mama lächelt sanft. „Iss erst Frühstück und dusche dich später. Von hier aus ist dein Schulweg kürzer – du hast also mehr Zeit."

Leise fluchend schaufle ich Müsli in mich hinein und beobachte Mama dabei von der Seite. Zum ersten Mal seit Wochen sieht sie einigermaßen fröhlich aus. Okay, dann heule ich ihr erst am Nachmittag wegen der Kloputzerei die Ohren voll.

Unglaublich, irgendwann räumt der Glatzkopf doch noch das Badezimmer und hinterlässt Unmengen von Dampf, Wasserlachen auf dem Boden und den Geruch nach irgendetwas Orientalischem, von dem mir schwindelig wird. In dem Nebel finde ich nicht einmal meine Bürste. Ungebürstet kann ich aber keinesfalls in die Schule, ich sehe aus wie ein vernachlässigtes Hausschaf, das dringend geschoren werden müsste. Gleich ist es halb acht, so ein Mist. Und ich habe mir noch nicht einmal etwas zum Anziehen herausgelegt.

Panisch durchwühle ich die Tasche mit meinen Klamotten. Warum habe ich nicht gleich gestern den Kleiderschrank eingeräumt? Und wo sind meine Lieblingsjeans?

Als ich zwanzig Minuten vor acht die Wohnungstür hinter mir zuknalle, kann ich jeder Vogelscheuche Konkurrenz machen. Nicht einmal zueinander passende Socken habe ich gefunden und für Wimperntusche war auch keine Zeit mehr. So will ich Simon nicht unter die Augen kommen.

Um mein Unglück vollkommen zu machen, fährt mir der Bus genau vor der Nase davon. Ehrlich, mir reicht es. So kann es nicht weitergehen.

„Umzugsstress", japse ich, als ich zehn Minuten zu spät die Klassentür aufreiße. Professor Koller, unsere Deutschlehrerin, zieht eine Grimasse, sonst sagt sie aber nichts.

„Zu lang gefeiert gestern?", flüstert Vicky, als ich mich neben sie auf meinen Platz fallen lasse. Gefeiert, ha! Ich zucke mit den Schultern und murmle unverständlich vor mich hin. Vicky scheint damit zufrieden zu sein.

„Dachte ich's mir doch. Boh, dir geht es gut! Mir wäre so eine coole WG auch viel lieber als unsere öde Papa-Mama-Kind-Wohnung."

Beneidet werden fühlt sich gut an, besonders wenn man sich so scheußlich fühlt wie ich seit gestern. Und wer weiß – vielleicht hat Vicky recht? Vielleicht sehe ich alles viel zu trübsinnig und sollte mich freuen auf gemeinsames Meditieren mit dem Yogi oder gemeinsames Schnarchen mit dem Kerl im blauen Zimmer.

„Kann ich dich bald mal besuchen kommen?", fragt Vicky, aber ein strafender Blick von Professor Koller bringt sie zum Verstummen. Ein Glück, denn ein Besuch ist keine gute Idee. Ich will schließlich nicht, dass Vicky die Vorstellung von meinem aufregenden WG-Leben zu früh als Hirngespinst entlarvt.

In der Pause leistet sie mir Erste Hilfe, rein optisch gesehen. Bürste, Kajal und Wimperntusche gehören zu Vickys Grundausstattung, außerdem klemmt sie mir noch eine pink glitzernde Spange ins Haar. „Die sieht bei dir viel besser aus als bei mir“, sagt sie. Wir stehen nebeneinander und betrachten uns im Spiegel. Vicky überragt mich um gut einen halben Kopf und ihr Haar hat die Farbe von Honig. Meines die von Bitterschokolade.

„Willst du sehen, was Simon mir geschenkt hat?“, fragt sie. Ich sehe, wie das Lächeln meines Spiegelbilds erstarrt. Als beste Freundin bin ich dazu verpflichtet, komplett wild auf Neuigkeiten dieser Art zu sein. Ich müsste aufgeregt um Vicky herumhüpfen, sie auf neue Ohrringe/Halsketten/Armbänder scannen und bei deren Entdeckung in Bewunderung ausbrechen.

„Klar will ich das sehen“, sage ich lahm. Vicky kramt in ihrer Jeanstasche und befördert einen Schlüsselanhänger ans Licht. Es ist ein silbernes Herz, das aus zwei Hälften besteht, die man auseinandernehmen und wieder zusammensetzen kann. „Die rechte Hälfte bin ich, die linke er“, flüstert Vicky. Ich betrachte das Herz und mir kommen fast die Tränen.

„Süß, oder?“ Erst als ich Vickys fordernde Stimme höre, wird mir klar, dass ich den richtigen Zeitpunkt für Jubelrufe verpasst habe.

„Ja. Wahnsinn. Unglaublich süß“, beeile ich mich zu sagen. „Simon muss total verliebt in dich sein.“

„Ja“, haucht Vicky. „Und ich in ihn.“ Sie steckt das Herz wieder ein. „Gehen wir zurück in die Klasse?“

„Gleich. Ich muss nur schnell noch …“ Damit verschwinde ich in der hintersten Klokabine und verriegle die Tür. Wenn ich die Augen schließe, kann ich das Silberherz sehen. Und ich höre mich sagen: „Simon muss total verliebt in dich sein." Das ist leider wahr. Ich sollte mich endlich damit abfinden. Simon-liebt-Vicky. Nicht Nina. Ich wische mir ein paar Tränen aus dem Gesicht. Ups. Hoffentlich ist der Kajal nicht verwischt.

Die nächste Stunde haben wir Mathe und ich brüte dumpf vor mich hin. Das kann ich mir leisten, denn ich kapiere Mathe im Schlaf, keine Ahnung, warum. Ist vielleicht ausgleichende Gerechtigkeit, als Entschädigung für die zehn Zentimeter Körpergröße, die mir fehlen. Vicky dagegen braucht eine Gleichung nur zu sehen und kapituliert. Klar helfe ich ihr wo immer ich kann, aber es ist ein bisschen so, als wollte man einer Schildkröte Handstand beibringen.

Simon ist übrigens auch so eine Mathe-Flasche, was das angeht, passen die beiden wirklich zusammen. Zu schade, dass er ein Jahr älter ist als wir, sonst würde ich ihm Nachhilfe geben. Ich habe mir sogar schon überlegt, ob ich mir nicht den Stoff der nächsten Schulstufe anstrebern und ihm damit auf die Sprünge helfen soll. Wäre ja fast nicht auffällig. Nein, da soll er lieber durchrasseln, vielleicht kommt er dann in unsere Klasse!

Der Gedanke wärmt mich bis zum Pausenläuten. Kurz darauf schlendert Simon herein, legt einen Arm um Vicky und küsst sie sanft hinters Ohr. Ich kann gar nicht hinschauen. Wenn ich genauer darüber nachdenke, ist es wohl doch keine so gute Idee, ihn durchfallen zu lassen. Dann müsste ich ihm und Vicky noch öfter beim Herumküssen zusehen – und außerdem müsste ich mir sicher eine neue Banknachbarin suchen.

Vertieft in meine trüben Gedanken habe ich nicht bemerkt, dass Simon mich schon seit geraumer Zeit ansieht. „Hi, Nina. Warum schaust du so grimmig?"

„Ääh", sage ich. „Wieso? Grimmig?" Das ist auch so eine Sache. Kaum spricht Simon mich an, setzt der Teil meines Hirns aus, der für das Finden der richtigen Worte zuständig ist.

„Sie ist nur müde", springt Vicky ein und kuschelt sich an Simons Schulter. „Gestern ist sie umgezogen. In eine Wohngemeinschaft – cool, oder?"

„Ehrlich?" Simon sieht beeindruckt aus. „Eine richtige WG? Mit wem wohnst du dort zusammen?"

„Och", sage ich, „mit meiner Ma – aber ich habe natürlich ein eigenes Zimmer. Außerdem mit einer Malerin, einem Yoga-Guru und einem Szene-Koch." Obwohl Simon interessiert die Augenbrauen hebt, finde ich, dass das noch nicht aufregend genug klingt. „Es sind auch ständig Leute zu Besuch. Künstler. Vor allem Maler und Schauspieler. Total ungewöhnliche Typen, aber sehr nett."

„Da geht es bestimmt lockerer zu als bei uns zu Hause", seufzt Simon. Ich denke an die Merkzettel in der

Küche und den Putzplan am Klo, aber davon müssen die beiden wirklich nichts wissen.

„Ja, locker. Und wie. Die totale Freiheit."

Vicky flüstert Simon etwas ins Ohr. Der zögert kurz, dann nickt er. „Wir gehen am Freitagabend ins Kino", sagt Vicky. „Kommst du mit?"

„Äh – sicher", sage ich verdattert. Bisher waren wir immer getrennt unterwegs – entweder ich und Vicky oder Simon und Vicky. Das hier hört sich nach einem Date zu dritt an, und ich weiß nicht, ob es mir sonderlich Spaß machen wird. Erst putzen und dann drittes Rad am Wagen spielen – ich kann es kaum erwarten. Ich sage nur ja, weil ich … weil … warum eigentlich? Weil ich nicht anders kann?

Zehn gute Gründe

Als ich zu Mittag nach Hause komme, steht in der Küche ein rundlicher Mann mit struppigen, blonden Haaren und einem weißblond gefärbten Ziegenbärtchen. Er rührt in einer Schüssel und sieht bekümmert drein.

„Hallo“, sage ich und strecke ihm unsicher eine Hand entgegen. Wie alt kann er sein? 27? 28?

„Auch Hallo“, erwidert er. „Ich bin Lennie. Du bist vermutlich das arme Kind, das ab sofort hier wohnen muss?“

Ich nicke. „Nina. Freut mich, dich kennen zu lernen. Weißt du, ob meine Mutter hier ist?“

Lennie nimmt den Löffel aus der Schüssel und leckt ihn ab. „Sie ist mit Isabell fortgegangen. Ich glaube, deine Mama sucht einen neuen Job.“

„Ich weiß. Bisher hat sie bei Papa im Büro gearbeitet, aber das fällt jetzt flach.“

Lennie mustert mich nachdenklich aus graugrünen Augen. „Hat dein Vater euch rausgeschmissen?“

„Nein. Mama hätte das Haus haben können, aber sie wollte es nicht. Sie wollte ganz neu anfangen. Dafür muss Papa jetzt ziemlich viel zahlen, also könnte sie sich mit der Jobsuche eigentlich Zeit lassen.“

„Aha“, sagt Lennie und widmet sich wieder seiner Schüssel. Ich schnuppere. Was auch immer der Mann rührt, es riecht fantastisch.

„Wenn du kosten möchtest, hol dir einen Löffel", schmatzt er. Das lasse ich mir nicht zweimal sagen.

Zwei Minuten später bereut Lennie ganz offensichtlich, dass er so großzügig war, denn ich kann nicht mehr aufhören. Der Schüsselinhalt hat sich als Mandelcreme entpuppt und ich habe das Gefühl, noch nie etwas so Atemberaubendes gegessen zu haben.

„Hast du das selbst gemacht? Du bist ein Genie!"

Lennie lächelt schmerzlich. „Sag das meinem Chef. Vielleicht lässt er mich dann endlich etwas anderes tun als Rosen aus Paradeisern schnitzen."

„Rosen aus Paradeisern?"

Ohne ein weiteres Wort, aber mit geheimnisvollem Augenzwinkern holt Lennie einen Paradeiser aus dem Kühlschrank (oberstes Fach, ich merke es mir vorsichtshalber gleich), schwingt ein Küchenmesser und zack! – zehn Sekunden später hat er das Gemüse in eine Rosenknospe verwandelt, die er mir mit einer Verbeugung überreicht.

„Wahnsinn. Kein Wunder, dass dein Chef dich das machen lässt. Du bist richtig gut."

„Ich bin auch richtig gut mit Rindfleisch, Fisch und Desserts", sagt Lennie und sieht mich traurig an. „Aber da lässt der Boss mich nicht ran. Hat Angst, dass ich ihn übertrumpfe."

Nachdenklich knabbere ich am Paradeiser. „Warum suchst du dir keinen anderen Job?"

„Private Gründe", murmelt er.

Aha! „Und, wie heißen sie, deine privaten Gründe?"

Lennie bläst die Backen auf und mustert mich mit großen Augen. „Du bist ja ganz schön direkt." Darüber wundere ich mich gerade selbst, normalerweise bin ich nämlich die Diplomatie in Person.

„Mia. Sie heißt Mia." Allein schon wie er das sagt! Als würde er am liebsten den ganzen Tag lang nichts anderes tun, als ihren Namen auszusprechen.

„Mia, das klingt nett", versuche ich ihn aufzumuntern. „Ist sie nett?"

In Lennies Augen leuchtet es. „Mehr als das. Sie ist perfekt und süß und viel zu gut für mich."

Schau an, noch ein unglücklich Verliebter. Dann sind wir schon zwei. Lennie sieht genau so sehnsüchtig drein, wie ich mich fühle.

„Weißt du", sage ich nachdenklich, nachdem ich den Rest des Paradeisers hinuntergeschluckt habe, „wenn ich schon hier wohnen muss, bin ich froh, dass du es auch tust." Vielleicht freut ihn das ja. Tatsächlich heben sich Lennies Mundwinkel zu etwas, das man für ein Lächeln halten könnte. „Hast du Hunger?", fragt er und deutet mit dem Finger zum Backrohr. „Ich mache gerade meinen geschmorten Lammbraten mit Parmesanpolenta und Prinzessgemüse."

Der Duft, der mir schon die ganze Zeit über in die Nase steigt, hat jetzt einen Namen. Lammbraten! Mein Magen hüpft vor Freude.

„Gerne“, sage ich. „Ich habe Hunger wie ein Wolfsrudel.“

Eine halbe Stunde später habe ich Mama die Idee mit der Wohngemeinschaft verziehen, denn sie hat mir Lennie beschert. Noch nie habe ich so gut gegessen. Ich meine, Mama ist keine besondere Köchin, sie jongliert zwar recht geschickt mit Fertigsaucen herum und bäckt brauchbare Kuchen, aber eigentlich geht sie lieber essen. Für ihre Steaks braucht man das Gebiss eines Piranhas, dafür sind ihre Nudeln weich wie Pudding.

Lennies Lamm dagegen ist so wunderbar, dass ich für kurze Zeit sogar Simon vergesse, und das will etwas heißen. Aber neben so viel Wohlbefinden ist kein Platz für Liebeskummer.

„Übrigens“, sagt Lennie, während ich die letzten Bissen im Mund herumschiebe, um möglichst lange etwas davon zu haben, „übrigens kannst du gern mein Zimmer benutzen, wenn du in deinem Platzangst kriegst. Ich stehe fast jeden Abend bis 24 Uhr in der Küche, vor halb zwei Uhr nachts bin ich selten zu Hause.“

Gibt es gute Feen mit Bäuchlein und Ziegenbart? „Danke“, sage ich aus ganzem Herzen und kriege noch im gleichen Moment ein schlechtes Gewissen. „Ist dein Zimmer das ganz in Blau gestrichene?“ Lennie nickt.

„Dann entschuldige bitte, dass ich dich heute Morgen geweckt habe.“

Vollgestopft bis zum Anschlag falle ich auf mein Bett. Zeit für Hausaufgaben. Leider keine Lust auf Hausaufgaben. Wenn überhaupt, dann mache ich sie hier, im Bett liegend und auf die leserliche Handschrift pfeifend.

Ich krame mein Englischheft hervor und lasse die Hand mit dem Kugelschreiber unschlüssig darüber schweben. *Ten reasons why I like to live in Austria* lautet das superschlaue Thema. Pfff. „Weil hier die Mozartkugeln am rundesten sind", murmle ich. Nur habe ich keine Ahnung, was Mozartkugel auf Englisch heißt. Egal.

Auf einen Schmierzettel schreibe ich:

Zehn Gründe, warum ich lieber Vicky wäre:

– Ich wäre 12 Zentimeter größer

– Ich hätte Haare wie Seide und außerdem

– Beine wie ein Model

– Ich müsste nicht in einer WG wohnen und daher

– Keine Klos putzen

– Ich könnte Simon küssen

– Ich könnte Simon küssen

– Ich könnte Simon küssen

– Ich könnte Simon küssen

– Genau

Seufzend betrachte ich die Punkte sechs bis zehn. Das sind die springenden Punkte. So, und nun die Gegenprobe.

Zehn Gründe, warum ich lieber Nina bin:

– Mein Busen ist größer (Vickys erkennt man nur mit viel Fantasie)
– Ich muss niemals Mathe lernen (Vicky schon, und es hilft noch nicht mal was)
– Ich brauche keine Kontaktlinsen
– Ich darf ab sofort Lennies Kochkünste genießen
– Wenn ich singe, fallen die Vögel nicht tot von den Bäumen
– Ich kann einen Handstand-Überschlag mit nur einer Hand (als ob ich mir dafür etwas kaufen könnte)
– ?
– ??
– ???
– ???????

Weil mir jetzt trotz Lennies Festmahl wieder weh ums Herz ist, wühle ich aus der Kiste mit den Büchern – immer noch nicht ausgeräumt, jaja – mein Lieblingsbuch hervor. *Der lebende Ozean.* Das hilft immer, wenn ich traurig bin. Ich betrachte die leuchtenden Fische in der Schwärze der Tiefsee und fühle mich nicht mehr so einsam.

Als ich am Abend in die Küche gehe, sitzt Mama dort trübsinnig herum und rührt Unmengen von Honig in ihren Tee. Das tut sie immer, wenn es ihr schlecht geht.

„Wie war die Jobsuche?“, frage ich. Statt einer Antwort grapscht Mama sich den Honig und beginnt, ihn pur zu löffeln.

„Also, kein Glück“, stelle ich fest.

„In drei Büros war ich mich vorstellen“, sagt sie düster und fährt wieder mit dem Löffel ins Honigglas. „War aber zwecklos. Als würde es überhaupt nichts zählen, wenn man zehn Jahre lang dem Ehegenossen die Vorzimmerdame gespielt hat.“ Es folgt die nächste Attacke auf das Honigglas. Hoffentlich gehört es uns und nicht dem Yogi.

Kaum denke ich an ihn, schon wehen süßlich-orientalische Düfte in die Küche. Rajan steht in der Tür, mit sanftem Therapeutenlächeln. „Honig ist gut. Bringt die Energien zum Fließen“, erklärt er, bevor er den Kühlschrank aufreißt und sich in die Betrachtung des Inhalts vertieft.

„Ah, sehr schön. Euer Fach ist gut und übersichtlich sortiert. Keine kaputten Lebensmittel. Wenn ich da Isabells Bereich betrachte …“, er schüttelt den Kopf, tief seufzend. „Schon wieder abgelaufene Milchprodukte. Und hier – habt ihr das gesehen? Sie hat ihre Ketchupflasche offen gelassen! Wenn da jemand dagegenstößt, ist der ganze Kühlschrank schmutzig!“ Nochmals das theatralische Seufzen, dann wendet Rajan sich Lennies Fach zu.

„Zwiebeln sollten aus Rücksicht auf die anderen luftdicht verpackt werden“, doziert er.

„Wieso? Bringen Zwiebeln die Energien etwa nicht zum Fließen?", frage ich angriffslustig. Der Glatzkopf soll seine Griffel gefälligst von Lennies Fach lassen.

Betont langsam dreht Rajan sich zu mir um. „Sie riechen unangenehm. Und tatsächlich, viele der großen Yoga-Meister verzichten auf den Verzehr von Zwiebeln." Ich bin knapp davor, dem Typen zu sagen, was hier unangenehm riecht, lasse es Mama zuliebe aber sein. Stattdessen stehe ich auf, stelle mich neben den Yogi und schließe ihm die Kühlschranktür vor der Nase. „Stromverschwendung", erkläre ich und lächle zuckersüß. „Das ist schlecht für die Umwelt. Für die Stromrechnung ebenso, und da die von allen gemeinsam gezahlt wird, sollte jeder Einzelne darauf achten, den Verbrauch niedrig zu halten. Nicht?"

Ha. Das hat gesessen. Der Yogi ringt nach Worten. „Sicherlich", sagt er nach ein paar Sekunden. „Trotzdem … Hygiene … auf Hygiene bestehe ich." Flugs wie ein Eichhörnchen, allerdings ein kahles, schnappt er sich einen der unsäglichen Zettel und schreibt darauf: *Lebensmittel, die störende Gerüche verströmen, bitte nur in luftdichter Verpackung lagern.*

Klo-Fantasien und Kino-Zombies

Und schon klebt ein neues Plakat an der Wand. Ich werfe Mama einen vielsagenden Blick zu, doch die reagiert gar nicht. Sie dreht versonnen ihren Honiglöffel in der Hand. „Wie hast du das gemeint, mit der fließenden Energie?“, fragt sie. Woraufhin der Yogi mit salbungsvoller Stimme zu schwafeln anfängt, irgendetwas über das Chi und die Chakren. Ich ergreife unauffällig die Flucht. Mein Appetit auf Abendessen muss warten, bis die Luft in der Küche wieder rein ist. Bei den Gerüchen, die Rajan verbreitet, kann das noch dauern.

Der Freitag kommt schneller als befürchtet. Der Tag des Kinobesuchs und der Tag des Putzens. In der großen Pause knallt Vicky das Kinoprogramm auf den Tisch und fährt mit dem Finger die Spalten entlang. „Im Apollo spielen sie ein paar Liebesfilme, aber ich habe mir gedacht, wir sehen uns ‚Ein Zombie kriecht durchs Abflussrohr‘ an. Der soll wahnsinnig gruselig sein!“ Sie strahlt. „Du magst doch Horrorfilme.“

„Schon“, sage ich zögernd. Ich mag Horrorfilme, wenn ich auf der Couch sitze, mit einer Tasse Kakao neben mir und einem großen Kuschelpolster, hinter dem ich mich verstecken kann, wenn es zu schlimm wird.

Vicky hat leicht lachen, sie hat Simon als Kuschelpolster-Ersatz, aber ich? Ich muss mich ins Leere gruseln.

„Okay“, beschließt Vicky. „Dann machen wir das mit dem Zombie. Und anschließend gehen wir Pizza essen.“

Ich kann es kaum erwarten.

Nach der Schule ist es dann so weit. Ich bewaffne mich mit Putzmittel, Schwamm und Kübel, um einer neuen Herausforderung entgegenzutreten: dem Kloputzen. Mama hat mir extra rosageblümte Gummihandschuhe gekauft, als ob das die Sache irgendwie besser machen würde. Ich beginne mit dem Klo neben der Küche, das ich so gut wie nie benutze, weil es so oft besetzt ist. Hellblaue Fliesen, eine dunkelblaue Klobrille. Außerdem ein Zeitungsständer, in dem Magazine wie „Meditation heute“ und „Spiritualität. Die Zeitschrift für ganzheitliches Leben“ stecken. Aha, hier hält also der Yogi seine Sitzungen ab. Igitt.

Ich stülpe mir die Handschuhe über und greife mir die Klobürste. Erst mal wird innen geputzt, mit gaaanz viel Putzmittel. Innerhalb weniger Sekunden stinkt es penetrant nach Zitronen, aber das macht nichts, das betäubt meine Verzweiflung ein bisschen. Als Nächstes kommt die Klomuschel außen dran, wieder mit viel Putzmittel und einem großen Schwamm, dann widme ich mich dem Boden. Ob der Yogi Stehpinkler ist? Ich starre den Boden an, der höchst sauber wirkt. Kein Wunder, wenn hier täglich jemand schrubbt.

Ich schrubbe auch, aber nur halbherzig. Etwas Sauberes zu säubern ist irgendwie Zeitverschwendung. Viel lustiger wäre es, die Wände zu bemalen. Oder wenigstens die Sinnsprüche abzureißen, die an der Wand kleben.

Nur große Denker stellen große Fragen steht auf einem davon. Ich grinse, hole einen Kugelschreiber aus der Küche und schreibe darunter:

Ich will das Klo nicht nutzen, warum muss ich es putzen?
Um Antwort bittet
Nina

Keine Ahnung, ob das eine große Frage ist, jedenfalls ist es eine, die mich bewegt.

Für Klo Nummer 2 gilt der Spruch nicht. Das benutze ich sehr wohl, trotzdem macht mir das Geschrubbe um keine Spur mehr Spaß. Ich könnte wetten, ich bin die einzige 14-Jährige in meiner Schule, die so unwürdige Dinge tun muss. Sklavenarbeit. Zum Glück beobachtet mich hier keiner.

Obwohl … wenn Simon mich so sehen würde … in alten, löchrigen Jeans, mit Gummihandschuhen und Schwammtüchern – wie ein modernes Aschenputtel. Sicher wäre er entsetzt über mein Schicksal und würde Himmel und Hölle in Bewegung setzen, um mich zu retten. „Tut mir leid“, würde er zu Vicky sagen, „aber Nina braucht mich mehr als du. Das verstehst du doch?“

Klar würde Vicky das verstehen, ich bin ihre beste Freundin. Simon würde seine Eltern überreden, mich bei ihnen einziehen zu lassen. „Nie wieder wirst du putzend vor einer Kloschüssel knien müssen“, würde er mir ins Ohr flüstern. „Ab jetzt bringe ich dir täglich das Frühstück ins Bett und erkämpfe dir am Schulbuffet die frischesten Wurstsemmeln …“

Bei der Vorstellung hilft all meine romantische Verblendung nichts, ich muss kichern. Von wegen retten! „Hey, cool“, würde Simon wahrscheinlich sagen und dabei sein unwiderstehlich schiefes Grinsen aufsetzen. „Willst du nicht bei uns zu Hause auch ein bisschen aufwischen? Außerdem hab ich ein paar T-Shirts, die du bügeln könntest, einstweilen geh ich mit Vicky ins Kino. Tschau!“

Draußen hämmert jemand gegen die Tür. „Nina, wie lange dauert das noch?“ Isabells Stimme. „Ich müsste nämlich mal …“

Pffft. Als ob ich wegen der meinen durchdachten Arbeitsprozess unterbrechen würde.

„Da wirst du noch ein bisschen Geduld haben müssen, Isabell.“ Ich lege tonnenweise Freundlichkeit in meine Stimme. „Und übrigens – wir haben zwei Klos.“

Zwei Stunden später stehe ich in meinen Lieblingsjeans

und meinem coolsten Shirt vor dem Apollo und suche die Menschenmengen mit den Augen ab. Keine Spur von Vicky, ich will gerade mein Handy zücken, da entdecke ich Simon ganz nahe bei der Tür stehen. Er winkt mir zu und sofort wird mein Kopf so heiß, als hätte ich Sonnenbrand.

„Hi, Nina!“ Er drückt mir rechts und links ein Küsschen auf die Wange. „Ist alles o. k. mit dir? Du siehst aus, als wärst du kilometerweit gelaufen.“

Toll! Genau so ein Kompliment habe ich mir gewünscht. Soll ich ihm erklären, dass ich nur knallrot und atemlos bin, weil er mir gerade zwei brüderliche Bussis verpasst hat, mit denen ich nicht gerechnet habe? „Mir geht's gut“, nuschle ich.

„Vicky kommt später, sie hat sich einen Lippenstiftfleck auf irgendein Top gemacht, und den muss sie jetzt beseitigen … wir sollen schon mal die Karten kaufen.“

Gemeinsam stellen wir uns in die Schlange vor der Kassa. Schweigend, denn mir fällt nichts ein, worüber wir reden könnten. Simon blickt einmal nach rechts, dann wieder nach links – wahrscheinlich hält er Ausschau nach Vicky. Ich räuspere mich. „Magst du Horrorfilme?“, frage ich. *Wow, Nina, superkluge Gesprächseröffnung. Gleich kniet er nieder vor dir und deinem Charme.*

„Geht so.“ Simon strubbelt sich durchs Haar. „Und du?“

„Geht auch so."

„Aha."

Und schon schweigen wir wieder. Simon schaut angestrengt von mir weg, zur Tür hin, wo Vicky immer noch nicht auftaucht. Ich sehne sie ebenfalls heftig herbei.

„Wie geht's dir so in Mathe?", versuche ich das Gespräch wieder aufzunehmen und würde sofort darauf am liebsten meine Zunge verschlucken. Etwas Blöderes hätte mir nicht einfallen können – als wäre ich eine alte Tante bei der Kaffeejause. Wahrscheinlich ziehe ich als Nächstes einen Kamm aus der Tasche und bürste ihm die Haare glatt. Aber Simon wirkt nicht genervt.

„Ziemlich mies", antwortet er. „Das Zeug will einfach nicht in meinen Schädel. Für dich ist es dafür eine lockere Sache, sagt Vicky. Wie machst du das?"

„Weiß ich selbst nicht. Ich finde Mathe einfach logisch, das ist alles." Super. Das klingt jetzt, als würde ich glauben, dass er nicht logisch denken kann. Verzweifelt starre ich zur Eingangstür. Wenn Vicky endlich kommen würde, müsste ich keinen Blödsinn mehr schwafeln und könnte Simon stumm aus den Augenwinkeln bewundern, wie sonst immer. Aber als wir endlich dran sind, sind wir immer noch nur zu zweit. Wir kaufen drei Karten für die neunte Reihe, Mitte, und stellen uns vor das Kino, um Vicky ja nicht zu verpassen.

„Ich ruf sie an", schlage ich vor und fische mein Handy aus der Tasche. So habe ich wenigstens etwas zu tun. Simon schaut mir zu, wie ich mich durchs Menü tippe, also versuche ich, das möglichst elegant zu tun. Prompt fällt mir das Handy runter. Simon will sich bücken, aber ich bin schneller, und als ich mich wieder aufrichte, stoßen wir mit den Köpfen zusammen.

„Tschuldigung“, stöhnt er. „Sorry“, stöhne ich.

Das wäre jetzt ein guter Moment, den angebrochenen Abend zu beenden. Horror habe ich genug gehabt. Nur sind leider die Karten schon gekauft und während ich mir noch den Schädel massiere, biegt Vicky ums Eck. Duftend wie eine Frühlingsblume, in einem wahnsinnig sexy Minirock und echt coolen Stiefeln. Wenn ich sie nicht so gerne hätte, würde ich sie hassen wie die Pest.

„Hi, meine Lieben“, strahlt sie, steckt sich eine Haarsträhne hinters Ohr und küsst erst mich auf die Wange, dann Simon auf den Mund. „Haben wir schon Karten? Haben wir schon Popcorn?“

Karten ja, Popcorn nein, also stellt Vicky sich in die Schlange beim Buffet. Wie schön, ich bin schon wieder mit Simon allein.

„Tut dein Kopf noch weh?“, fragt er und befühlt – ohne Vorwarnung – meinen Scheitel. Ich kann nicht anders, ich schließe die Augen und fühle seine Finger in meinem Haar. Hoffentlich sieht er nicht die Gänsehaut auf meinen Armen.

„Beule hast du keine, zum Glück“, sagt er.

„Oh. Gut.“ Mehr bekomme ich nicht heraus. Wie

macht Vicky das? Wie kann sie in ganzen Sätzen sprechen, normale Gedanken denken und regelmäßig atmen, wenn Simon in ihrer Nähe ist? Er tastet immer noch auf meiner Kopfhaut herum. „Obwohl", sagt er, „hier spüre ich eine Beule oder so etwas."

„Das ist ein Wirbel", denke ich. Doch das muss Simon nicht wissen, er soll ruhig weiter über meinen Kopf streichen. Wenn ich mich ein paar Zentimeter weiter vorbeuge, könnte ich mich an ihn lehnen. Aber das tue ich nicht, auf keinen Fall. Erstens wegen Vicky. Zweitens, weil ich Angst habe, vor lauter Herzklopfen aus den Latschen zu kippen, wenn ich noch ein bisschen mehr Simon-Duft inhaliere.

„Hat Nina Läuse?" Vicky schlendert mit zwei großen Kübeln Popcorn heran, mindestens ein Dutzend bewundernder Blicke folgen ihr.

„Nein, aber ich habe ihr möglicherweise eine Gehirnerschütterung verpasst. Wir sind zusammengestoßen", erklärt Simon, nimmt Vicky einen Popcornkübel ab und hält ihn mir unter die Nase. „Stärkung?"

Ich schüttle den Kopf. Vielleicht kann ich in einer Woche wieder etwas essen. Auf keinen Fall früher, das würde den göttlichen Duft zerstören, der mich von oben bis unten ausfüllt.

„Okay, auf geht's zu den Zombies", verkündet Vicky fröhlich und hakt sich bei Simon unter.

„Ja. Auf geht's", sage ich mit deutlich weniger Begeisterung und trotte hinter den beiden her. Ferngesteuert irgendwie, als wäre ich selbst ein Zombie.

Über den Film breite ich den gnädigen Mantel des Schweigens. Mir bleibt gar nichts anderes übrig, denn ich habe – alles in allem – höchstens zehn Minuten davon gesehen. Den Rest der Zeit habe ich mit zusammengekniffenen Augen verbracht, um mir den Anblick der lebenden Leichen zu ersparen, die sich von amerikanischen College-Studenten ernähren. Und ich habe mich darauf konzentriert, mich nicht an Simons linken Arm zu klammern. Am rechten hing bereits Vicky.

Als wir das Kino verlassen, ist sie blass, aber gut gelaunt. „Wahnsinn, oder? Wie der Oberzombie die Schuldirektorin frisst? Ich hab gedacht, gleich wird mir schlecht!"

Ich sag lieber nicht, was ich mir gedacht habe. Stumm tappe ich neben Simon und Vicky her. Er hat einen Arm um ihre Schulter gelegt und drückt sie immer wieder kurz an sich. Mir ist ein bisschen zum Heulen.

„Ich hab von Paps Geld für die Pizza gekriegt", sprudelt Vicky munter weiter. „Wie wär's? Einmal ‚Cardinale' für Nina, ‚Tunfisch' für mich und ‚Capricciosa' für Simon?"

In Wahrheit will ich nur nach Hause. Blöd, dass „nach Hause" gleichbedeutend ist mit „in-die-Wohngemeinschaft-wo-mein-Zimmer-die-Größe-einer-Streichholzschachtel-hat-und-der-stinkende-Yogi-Zettel-an-die-Wand-pappt“. Also sage ich ja zu Pizza. Wir suchen uns einen Ecktisch ganz hinten im Lokal. Aus den Lautsprechern an der Decke dudelt leise italienische Schmalz-Musik. Vor Vicky auf dem Tisch liegt der herzförmige Schlüsselanhänger. Ich habe null Hunger.

„Nina, ist irgendwas? Du sagst überhaupt nichts.“ Vicky runzelt die Augenbrauen. „Es ist der Film, oder? Sorry, ich dachte du findest den genau so witzig wie ich …“

Lächeln kann echt anstrengend sein. „Schon okay“, sage ich. „Für die Zukunft weiß ich immerhin, dass Horrorfilme nichts für Singles sind. Wieder etwas gelernt.“

Über Vickys Gesicht geht ein erleuchtetes Lächeln. „Ach, das ist es! Hey, das verstehe ich total. Ist wirklich zu blöd, dass jemand wie du allein durchs Leben läuft, so toll wie du aussiehst. Simon, sieht sie nicht toll aus?“

Jetzt – jetzt ist genau der richtige Moment, um im Boden zu versinken. Leider ist nirgends ein Loch und die Pause, die zwischen Vickys Frage und Simons Antwort verstreicht, kommt mir so lang vor wie ein Jahr.

„Ja, sicher“, sagt Simon endlich. „Nina ist total hübsch.“

Ich weiß, dass ich knallrot bin. Wenn ich jetzt den Mund aufmache, habe ich sicher eine mäusepiepsige Stimme, deshalb zucke ich nur bescheiden die Schultern. *Nina ist total hübsch.* Okay, was soll er sonst sagen?

Ganz nett. Er hätte ganz nett sagen können, das wäre schlimmer gewesen.

Aber Moment: Die Art, wie er „total hübsch“ betont hat, war eigenartig. Ganz ruhig hat er es gesagt, richtig ernst. Ohne zu lächeln. Okay, seien wir ehrlich: Er war einfach höflich, nichts weiter. *Nina ist total hübsch, wenn man auf zu kurz geratene Brünette steht, aber sie ist nichts im Vergleich zu dir, Vicky*. Das und nichts anderes hat er gemeint.

Während wir auf die Pizzen warten, schmiedet Vicky Pläne. „Ich kenn da jemanden“, flüstert sie verschwörerisch. „Der ist richtig süß. Wird dir gefallen – pass auf, ich fädel etwas ein für dich.“ Ich nicke nur, weil ich zu müde bin, um zu protestieren. Nach einer halben Pizza verabschiede ich mich nach Hause. Wenn mir jetzt der Yogi begegnet, hau ich ihm eins auf die Glatze.

Blind Date beim Minigolf

In dieser Nacht träume ich von Pizza fressenden Zombies und wache schweißgebadet auf. Mein Mund ist trocken wie die Wüste Gobi. Zwei Uhr vierzehn zeigt die rot leuchtende Anzeige meines Radioweckers. Ein Schluck Wasser muss her, also taumle ich in die Küche.

Dort lehnt Lennie mit trübsinnigem Blick auf einem Barhocker und löffelt etwas Cremiges aus einer großen Schüssel. „Sie hatte heute ein Date mit einem geschniegelten Porschefahrer“, sagt er statt einer Begrüßung.

„Mia?“

„Natürlich Mia. Nach der Arbeit hat sie sich in ein unglaublich schönes rotes Kleid geworfen und ist mit ihm weggefahren. Das Leben kann so scheußlich sein.“ Er leckt seinen Löffel ab. „Und wie war dein Abend?“

Lennie kann ich alles sagen, wir sind Leidensgenossen. Es sprudelt nur so aus mir heraus: Simon, meine liebe, aber viel zu schöne Freundin Vicky, der bescheuerte Film, die blöde Pizza und Simons mitleidiges „Nina ist total hübsch“.

„Nina ist wirklich total hübsch“, sagt Lennie mit einem kleinen Lächeln. „Wenn Nina zehn Jahre älter wäre, könnte sie mir ziemlich den Kopf verdrehen.“

„Blödsinn“, stelle ich fest, hole mir auch einen Löffel

und gehe auf Raubzug in Lennies Schüssel. Erdbeertiramisu!

„Gar kein Blödsinn. Du hast wahnsinnig tolle Augen, die sind braun wie Kastanien und glänzen auch so. Schöne Haare hast du und außerdem eine gute Figur – was willst du eigentlich?“

„Ich will Simon“, sage ich schlicht und schaufle mir das Süßzeug in den Mund. Bald ist es vorbei mit der Figur, haha. „Aber er ist der Freund meiner besten Freundin und damit ist er so tabu wie man nur sein kann.“

„Ja sicher“, murmelt Lennie. „Und sonst ist niemand in Sichtweite? Keiner, in den man sich umverlieben könnte?“

Umverlieben! Ich zeige Lennie mit dem Löffelstiel einen Vogel. „Verlieb du dich doch um“, schnaube ich. „Ich schaff das auf keinen Fall. Ich schätze, ich bleibe allein, bis ich alt und zahnlos bin.“

„Oh. Wahre Liebe“, sagt Lennie ohne einen Funken Spott. „Das ist hart.“

Schweigend essen wir die Schüssel leer. Morgen ist Samstag, was für ein Glück. Ich werde bis Mittag schlafen. Am besten bleibe ich den ganzen Tag im Bett. Oder für immer.

Als ich gegen elf Uhr Vormittag die Küche betrete und nicht mehr über die Lippen bekomme als ein schlecht gelauntes „Guten Morgen“, packt Mama gerade die Wochenendeinkäufe aus dem Einkaufskorb und ist erstaunlich guter Dinge.

„Ninalein", zwitschert sie. „Magst du Kakao oder Tee? Ich habe deine Lieblingsfrüchtemischung besorgt." So viel Fürsorge macht mich misstrauisch, das hatten wir nämlich schon lange nicht mehr.

„Hast du einen Job gefunden?", frage ich und schiele in den Einkaufskorb. Keine einzige Tafel Frustschokolade, dafür Räucherlachs, Erdbeeren und eine Flasche Frizzante.

„Noch nicht." Mama schiebt sich eine Erdbeere in den Mund und schließt genießerisch die Augen. „Hat ja eigentlich auch keine Eile. Schau mal, ich hab beim Bäcker Zitronenmuffins gekauft – wär das was für dich?"

Ich nicke. Mama fabriziert in Windeseile Frühstück und strubbelt mir anschließend über den Kopf. „Wie war's im Kino?"

„Grauenvoll", sage ich mit vollem Mund.

„Ach, wie schön", trällert Mama, schnappt sich einen Apfel und lässt mich alleine sitzen. Ich starre ihr fassungslos nach. Ob sie Medikamente nimmt?

Bevor ich länger darüber nachdenken kann, teilt mein Handy mir summend mit, dass eine SMS eingelangt ist.

Süße!!! Nochmal sorry für gestern Abend. Ich mach's wieder gut – gehen wir morgen Minigolf spielen? Ich hab auch eine Überraschung für dich ... Küsschen, Vicky

Überraschung? Mir schwant Übles. Eigentlich möchte ich absagen, das Problem ist nur: Ich liebe Minigolf. Ich weiß, es ist uncool und peinlich und blöd, aber ich liebe es trotzdem. Ab und zu schaffe ich es, Vicky mitzuschleppen, und jedes Mal schwört sie mir, dass es das letzte Mal war. Diesmal ist es ihre eigene Idee, was soll mir das sagen?

Egal. Minigolf. Ich freue mich.

Als ich am nächsten Tag zum vereinbarten Zeitpunkt am Minigolfplatz eintreffe, sind die anderen schon da. Vicky, Simon und ein Typ mit halblangem, dunkelblondem Haar. Er heißt Ralf, erfahre ich, und geht mit Simon in den gleichen Basketball-Verein.

Vicky strahlt so stolz, als hätte sie Ralf selbst gestrickt. „Sieht er nicht gut aus? Simon sagt, er ist einer der besten im Basketball-Team, spielt grandios Klavier und seine Schulnoten sind 1A!"

Pflichtschuldig lächle ich dem Wunderknaben zu. Er lächelt zurück. „Du bist Nina, ja? Ich hab schon einen Schläger für dich ausgesucht und die besten Bälle, die sie in dem Laden haben."

„Ah. Danke." Die besten Bälle? Und ich dachte immer, alle Minigolf-Bälle sind gleich gut, solange sie rund sind.

„Normalerweise spiele ich *richtiges* Golf", protzt Ralf, „aber ich bin sicher, das hier macht auch Spaß."

„Klar", sagt Simon. Er sieht ein bisschen gequält aus

und ich würde ihn am liebsten in die Arme nehmen. Es kostet mich meine ganze Kraft, es nicht zu tun.

„Fangen wir an?“ Vicky schwingt ihren Schläger unternehmungslustig durch die Luft. Ralf startet sofort los, um die erste Bahn in Augenschein zu nehmen. „Hängt ein bisschen nach rechts. Das musst du berücksichtigen, Nina.“

„Natürlich werde ich das berücksichtigen, Ralf“, sage ich mit gespieltem Ernst und salutiere. Dafür darf ich anfangen. Zwei Schläge und der Ball ist im Loch.

Nach mir ist Ralf dran. Er braucht irrsinnig lang, bis er den Ball genau in der Mitte des weißen Punktes platziert hat. Danach wiegt er den Schläger in der Hand, greift ihn einmal weiter oben, dann weiter unten und schüttelt den Kopf. „Schlecht ausbalanciert“, murmelt er, dann schlägt er endlich den Ball, der viel zu weit nach links geht. Ein weiterer Schlag befördert ihn ganz an den Rand. Ralf zieht ein saures Gesicht. „Auf dieser Bahn kann man nicht vernünftig spielen.“ Zwei weitere Versuche, dann ist der Ball endlich versenkt.

„Vier Punkte“, verkündet Vicky und trägt die Zahl in die Wertungstabelle ein.

„Ich brauche einen anderen Schläger“, sagt Ralf eisig. „Dieser hier ist eine Katastrophe.“ Er lässt uns stehen und geht Schläger tauschen.

Völlig ohne Vorwarnung legt Simon mir eine Hand auf die Schulter. „Tut mir wirklich leid. Vicky dachte, es wäre eine gute Idee." Vicky grinst und zuckt die Schultern. „Warten wir es einfach ab – gebt ihm eine Chance, Leute."

Die beiden schauen mich fragend an, aber ich kann nichts sagen. Solange Simon mich berührt, kriege ich keinen Ton heraus. Meine Schulter glüht, dort wo seine Hand liegt.

Nachdem Ralf wieder da ist, spielen wir weiter. Es wird ein grauenvoller Nachmittag, beinahe habe ich Sehnsucht nach den Zombies. Ralf erklärt mir ohne Pause, wie ich was zu machen habe, spielt aber selbst wie ein Neandertaler. Daran sind alle anderen schuld – der Platz, der Schläger (der insgesamt dreimal ausgetauscht wird), der Wind und natürlich wir, weil wir ihn ablenken. Nachdem wir ungefähr die Hälfte des Parcours hinter uns haben, fängt Simon an, grottenschlecht zu spielen. „Keine Ahnung, was auf einmal mit mir los ist", murmelt er. Ich könnte ihm schon wieder um den Hals fallen, denn ich weiß es ganz genau: Er will Letzter werden, damit Ralf nicht völlig ausflippt. Der Plan geht auf.

„Na, da haben uns die Mädchen ganz schön abgehängt", stellt Ralf fest, als wir die Spielstände zusammenrechnen. Er zwinkert Simon verschwörerisch zu. „Du hast auch mit Absicht verloren, oder?", flüstert er in seine Richtung. „Ist mir natürlich aufgefallen."

Simon sagt keinen Ton, sondern nimmt Vicky bei der Hand und schaut auf die Uhr. „Für uns wird es Zeit, ich muss noch für den Chemie-Test lernen und Vicky will mich abprüfen."

„Ich muss auch heim", sage ich schnell. „Ich muss … äh, *das Klo putzen*", schießt mir durch den Kopf. Aber erstens käme das nie über meine Lippen und zweitens bin ich heute gar nicht dran. „Ich muss endlich meinen Koffer ausräumen. Wir sind umgezogen", erkläre ich Ralf und dann lassen wir ihn einfach stehen. Erst als wir in sicherer Entfernung sind, drehen wir uns noch einmal um und winken.

„Was für eine Flasche", stöhnt Vicky, als wir in der Straßenbahn sitzen.

„Wolltest du mich ernsthaft mit ihm verkuppeln?", frage ich sie.

„Ja, aber ich habe ihn nur vom Sehen gekannt und optisch finde ich ihn nicht so übel. Kann ja keiner wissen, dass er so einen Knall hat …"

„Doch", unterbricht Simon sie. „Ich hab's gewusst, aber du hast gedacht, ich mache Witze."

„Naja, weil du dich mit Männern nicht wirklich auskennst", grinst Vicky und lehnt sich an seine Schulter. „Dafür hast du einen ausgezeichneten Geschmack, was Mädchen angeht." Gleich werden sie sich küssen. Ich drehe mich weg und starre angestrengt aus dem Straßenbahnfenster. Draußen beginnt es gerade zu tröpfeln.

Wieder zu Hause angelangt, läuft mir als Erster Rajan über den Weg. Frisch geduscht, mit einem Handtuch um die Hüften. Der Anblick hat mir gerade noch gefehlt. Und der Geruch erst! Schwül, orientalisch, Kopfschmerz verursachend. Ich flüchte und klopfe erst bei Mama an, die im Bett liegt und liest, dann bei Lennie, der nicht zu Hause ist. Im ersten Moment bin ich enttäuscht, dann fällt mir ein, dass ich mir ja sein Zimmer leihen darf. In der Ecke steht ein Fernseher, auf der blauen Couch liegt die Fernbedienung.

Ich setze mich hin, lege die Beine hoch und die Welt kann mir den Buckel runterrutschen.

Alptraum Level 126

Schon am nächsten Tag überfällt mich Vicky mit einer neuen Idee. „Kein Kino, kein Minigolf – nur ein bisschen Rumhängen im Café. Einverstanden?" Sie sieht mich so treuherzig an, dass ich lächeln muss. „Auch keine Verkuppelungsversuche?"

„Äh, nein, natürlich nicht … Wir sitzen nur gemütlich zusammen, das ist alles."

Ha. Das kann sie ihrem Goldhamster erzählen. „Nur du und ich?", frage ich lauernd. „Oder du, Simon und Nina, auch bekannt als das fünfte Rad am Wagen? Oder ist da doch noch jemand?"

Vicky hat rote Ohren bekommen und schaut zickig. „Wart es doch einfach ab", murmelt sie. „Ein bisschen Cola trinken und Toast essen wird dich nicht umbringen, oder?"

Weil es gerade zur nächsten Stunde läutet (in der wir Matheschularbeit haben), verzichte ich auf eine Antwort. Setze ich mich eben mit einem fremden Knaben ins Café. Flüchten kann ich immer noch. Und wer weiß, vielleicht ist Vicky zufällig auf einen Simon-Zwilling gestoßen.

Ist sie natürlich nicht, das hätte ich mir denken können. Als ich im Café eintreffe, sind die anderen schon da. Simon sieht gequält drein, aber Vicky strahlt, als sie mir

Felix vorstellt, von Kopf bis Fuß in Schwarz gekleidet und – geschminkt. Er hat deutlich mehr Kajal um die Augen als ich. Ich schaue genau hin – seine Wimpern sind auch getuscht.

„Hi", sagt er. „Du kannst mich Felix nennen oder Gravalin, wie die meisten meiner Freunde."

Mein Gehör muss gerade ausgesetzt haben. „Gra… wie?"

„Gravalin. Ich bin Blutelf auf Level 126. Der Herrscher des Drassiak-Tals und eingeschworener Oberster von Gulanas."

Okay, der will mich rollen. Aber nicht mit mir. „Schön, dann sag einfach Krawunzia zu mir, ich bin auf Level zweihundertdreizehneinhalb, Herrscherin über die Nachttöpfe von Blah und oberste Geschworene von … äh, Weißnichtwas."

Mit verschränkten Armen sitze ich da und warte auf seine Reaktion. Interessanterweise sieht er mich an, als wäre *ich* diejenige, die spinnt.

„Wovon redet sie?", fragt er Simon.

„Wovon redest *du*?", werfe ich ein. „Ich hab doch nicht mit diesem Schwachsinn angefangen!"

Vicky macht ein bestürztes Gesicht. „Felix ist Online-Rollenspieler. Hätte ich dir vielleicht sagen sollen. Gravalin ist sein Spielername, verstehst du?"

Oh, aber sicher. Alle mal herhören, hier kommt Vickys Plan: Warum verkuppeln wir nicht Nina mit einem Typen, der vor der Realität flüchtet und per Computer zum schwertschwingenden Pixelmännchen wird?

Hähä, der Plan geht aber nach hinten los, denn Felix glotzt die ganze Zeit nur Vicky an. „Du wärst eine tolle Amazone", sagt er. Ich sehe, wie Simon die Augen verdreht und tue es ihm nach. Beide müssen wir grinsen.

„Kannst du mir kurz deinen Lidschatten leihen?", flöte ich in Felix' Richtung. „Ich hätte gern ausprobiert, ob mir die Farbe steht."

Es ist schön zu sehen, wie sein Gesicht eine Schattierung blasser wird. „Ich hab das Zeug nicht mit", sagt er zögernd.

„Ach so. In der Blutelfenburg vergessen?"

Simon prustet in sein Glas; Cola spritzt auf sein T-Shirt. Davon muss er noch mehr lachen. Felix sieht superwütend aus.

„Warum sollte ich eigentlich herkommen? Damit ihr euch über mein Hobby lustig machen könnt?"

„Jetzt reg dich nicht auf", sagt Vicky. „Nina hat es nicht so gemeint."

Hab ich doch. Aber eigentlich bin ich nicht auf diesen Gravadingsbums sauer, sondern auf meine herzallerliebste Freundin. Was glaubt sie eigentlich? Dass ich vor lauter Verzweiflung jeden nehme?

„Nina", sagt Felix mit sehr leiser Stimme, „sollte sich das Spiel ruhig mal genauer ansehen. Da gibt's nämlich auch Zwerge, und zu denen würde sie gut passen."

Nachdem Felix gegangen ist, schweigen wir in unsere Gläser. Das mit den Zwergen hat einen Nerv getroffen, obwohl ich es mir nicht habe anmerken lassen. „Du meinst, ich sehe aus wie Schneewittchen?“, habe ich gesagt, woraufhin er nur verächtlich geschnauft hat. Schon klar, dass es eine Anspielung auf meine Körpergröße war.

„Du bist überhaupt nicht zu klein, Nina“, sagt Vicky jetzt. „Du bist gerade richtig. Was glaubst du, wie oft ich mich schon geärgert habe, weil es so viele süße Kerle gibt, die mir nur bis zur Nasenspitze gehen. Da hast du es viel besser.“

Ich sehe Simon die Augenbrauen hochziehen. „Ich finde Nina auch nicht zu klein“, sagt er. „Aber ich finde, du solltest diese Verkuppelungsversuche lassen. Da kommt nur Mist heraus.“

In Vickys Gesicht ist Enttäuschung zu lesen und sie murmelt etwas davon, dass aller guten Dinge drei sind, während sie sich an Simon kuschelt.

„Lass das bleiben“, würde ich sie am liebsten anfauchen, aber in Wahrheit geht es mich gar nichts an. Simon ist Vickys Freund und sie kann mit ihm kuscheln, so viel sie will. Nur ich wäre bitte gerne nicht dabei, danke.

Zu Hause treffe ich auf Lennie und den Yogi, die um eine leere Packung Sojamilch streiten.

„Ich trinke keine Sojamilch“, schreit Lennie. „Nur bedauernswerte Menschen mit Lactoseintoleranz trinken

Sojamilch! Oder geistesgestörte Meditationsheinis, die vor lauter Räucherstäbchendampf ihren Geschmackssinn verloren haben!"

„Oder esssüchtige Hilfsköche, die alles in sich reinstopfen müssen, was nicht bei drei auf dem Baum ist!", schreit Rajan zurück.

Sieh an, so wild kenne ich ihn gar nicht.

„Ich könnte einen Zettel an die Wand kleben", biete ich hilfsbereit an. „Soll ich ‚Wer Rajans Sojamilch aussäuft, ist schuld, wenn der dann Amok läuft' schreiben?"

Lennie kriegt einen Lachanfall, der Yogi nur große Augen. „Niemand hier hat dich um deine Einmischung gebeten", sagt er und will aus der Küche stürmen. In diesem Moment kommt Isabell herein und die beiden krachen beinahe zusammen.

„Warum schreit ihr so herum?"

„Lennie hat leider immer noch nicht gelernt, sein Eigentum von meinem Eigentum zu unterscheiden", sagt Rajan. „Er hat die Sojamilch ausgetrunken, die ganz klar in meinem Fach lag. Ganz klar."

Isabell macht den Mund auf und wieder zu, sie schaut zwischen Lennie und dem Yogi hin und her. „Äh – war die Milch in einer grünen Packung? Grün und braun … oder grau?"

Rajan nickt.

„Dann war ich das, tut mir leid. Ich kauf dir morgen neue, wenn du willst." Sie sieht Rajan an, der die Lippen aufeinandergepresst hat, dafür aber die Nasenlöcher bläht. „*Falls* du das willst, meine ich. Ganz ehrlich gesagt, ich finde das Zeug scheußlich."

Rajan ist abgezogen, unter bösem Gebrummel. Lennie und ich haben es uns am Tisch gemütlich gemacht. Mama, sagt Lennie, ist noch nicht zu Hause, sie trifft ihre zweitbeste Freundin, weil die vielleicht einen Job für sie weiß. Er selbst hat heute seinen freien Tag. „Ein Tag ohne Mia", fügt er mit tiefem Seufzen an, während er in einer Pfanne etwas brutzelt, das wahnsinnig gut riecht.

„Dafür ein Abend mit Nina!", sage ich und boxe ihn liebevoll in die Rippen. „Pass auf, ich erzähl dir was: Ich habe heute einen Typen kennen gelernt, der eigentlich Felix heißt, aber gerne Gravalin genannt werden möchte. Gra-va-lin. Freiwillig. Mit solchen Menschen will mich Vicky verkuppeln, bin ich bedauernswert oder was?"

Ein erheitertes Lächeln zieht über Lennies Gesicht. „Ich kenne jemanden", sagt er, „der gerne Rajan Premal Yogendra genannt werden will … und in Wahrheit Kurt heißt."

Einen Moment lang bin ich sprachlos, dann bleibt mir die Luft weg vor Lachen. Ich verschlucke mich, huste und Lennie klopft mir auf den Rücken.

„Kurt", japse ich. „Ausgerechnet!"

Lennie hört auf zu klopfen und kehrt zu seiner Pfanne zurück. „Du musst wissen, dass *Kurt* einfach nicht aussagekräftig genug ist für ihn. *Rajan* hingegen heißt König."

„König Kurt!" Ich muss schon wieder lachen und kriege Schluckauf.

„Premal", fährt Lennie fort, „heißt *voller Liebe*. Und Yogendra – halt dich fest – *Gott des Yoga*."

Ich bin sprachlos, was nur zur Hälfte am Schluckauf liegt. „Wahnsinn. Was werde ich ihn aufziehen können", murmle ich versonnen. Lennie stellt mir einen Teller mit Steaks in Käsekruste und winzigen Bratkartoffeln vor die Nase.

„Sag ihm nicht, dass du es von mir hast, sonst schüttet er mir Rattengift in die Milch."

„Musst du eben doch seine Sojamilch trinken", antworte ich und dann sage ich nichts mehr, weil das Essen überirdisch ist.

Als ich nichtsahnend am nächsten Tag aus der Schule komme, stehen Papa und der Blondfisch da. Sie wollen mit mir Mittagessen gehen, so „richtig schön", wie Papa sagt.

„Könnt ihr euch das nächste Mal nicht ankündigen?", murre ich und setze mich auf den Rücksitz des Papa-BMW. Im Auto riecht es anders als früher. Es riecht nach Blondfischparfum; süß, klebrig und aufdringlich. „Ich habe Katja Bescheid gesagt und sie war einverstanden", sagt Papa.

Aha, und Mama findet es nicht der Mühe wert, mich zu informieren. Ich werde ein ernstes Wort mit ihr reden müssen.

„Wie läuft es denn so in der Schule?“ Der Blondfisch hat sich umgedreht und fixiert mich mit seinen hervorquellenden Kugelaugen. Wie Papa diesen Blick nur aushält!

„Super“, sage ich.

„Was ist dein Lieblingsfach?“

„Bio. Wir machen gerade die Fische durch.“

„Ach wirklich? Interessant!“

Natürlich kriegt sie die Anspielung nicht mit, aber Papa schon, der kennt den Spitznamen, den Mama und ich seiner Claudia verpasst haben. Er findet ihn übrigens nicht witzig.

„Hast du einen Freund?“, bohrt Claudia weiter. Was soll denn das jetzt? Glaubt sie, sie kann mit mir auf Kumpel machen?

„Nein“, sage ich böse. „Alle, die mir gefallen würden, sind schon vergeben und ich gehöre nicht zu den Leuten, die in Beziehungen hineinpfuschen.“

Ha, na wenigstens *das* hat sie jetzt kapiert. Mit knallrotem Gesicht dreht sie sich wieder nach vorne.
Papa murmelt etwas Unverständliches in seinen nicht vorhandenen Bart. Den Rest der Fahrt über lassen sie mich in Ruhe.

Papa bleibt vor einem Restaurant mit dem Namen

„Zum goldenen Schwan" stehen. Ich erinnere mich, dass wir da vor ungefähr drei Jahren einmal waren – wegen der guten Küche und dem Spielplatz, über den ich mich damals noch gefreut habe. Heute ist mir der Spielplatz Wurst und der Hunger vergangen.

„Du magst doch Rinderrouladen so gern", sagt Papa. „Hier haben sie die besten, erinnerst du dich?"

Ich erinnere mich vor allem, dass wir das letzte Mal mit Mama hier waren. Der Verräter soll sich seine Rinderrouladen an den Hut stecken. Wir setzen uns an einen gemütlichen Ecktisch. Claudia setzt sich direkt neben mich – vielleicht will sie ihre Mutterinstinkte ausleben und mich füttern. Daraus wird nichts werden, ihr Parfum vertreibt die letzten Reste meines Appetits.

„Gibt es einen Grund dafür, dass ihr mich heute abgeholt habt?", frage ich. Meine Stimme klingt so eisig, dass es mich selbst fast fröstelt.

„Ich wollte dich wieder einmal sehen", sagt Papa. „Dich fragen, wie es dir in eurer … neuen, äh, Wohnung geht. Falls du dich nämlich nicht wohlfühlst, Claudia und ich würden uns freuen, wenn du zu uns ziehen –"

„Das ist nicht dein Ernst!" Vor lauter Fassungslosigkeit ist mir glatt die Kälte in der Stimme abhanden gekommen. „Du meinst, zuerst lässt *du* Mama im Stich und dann soll ich es dir nachmachen? War das dein Plan?"

Papa schaut kläglich drein und kratzt sich an der

Schläfe. „Natürlich nicht, Nina. Ich will nur, dass es dir gutgeht. Mir tut es doch auch leid, dass alles so gekommen ist, aber …"

„Oh, tut mir leid, dass es dir leidtut. Claudia tut es bestimmt auch leid, nicht wahr? Komisch – allen tut es leid und trotzdem hat keiner etwas daran geändert."

Für einen Moment sieht es so aus, als wolle Papa das Mittagessen noch vor der Bestellung beenden. Er greift schon nach den Autoschlüsseln, dann überlegt er es sich noch einmal. „Irgendwie müssen wir in Zukunft zurechtkommen, weißt du? Mir ist klar, dass du wütend auf mich bist und auch auf Claudia, aber manchmal – manchmal entwickeln sich die Dinge anders, als man anfangs gedacht hat. Man kann sich verlieben, man kann sich aber auch wieder entlieben. Daran muss niemand schuld sein."

Weil in diesem Moment der Kellner kommt und die Speisekarten bringt, gebe ich keine Antwort. Außerdem haben Papas Worte in mir gerade ein kleines Lichtlein zum Glühen gebracht. Was, wenn Vicky und Simon sich entlieben? Ganz ohne meine Schuld? Ohne, dass jemand unglücklich sein muss?

Leider weiß ich, dass es in Wirklichkeit nicht so läuft. Meistens entliebt sich nämlich nur einer und der andere heult. Im Fall meiner Eltern war es Mama, die geheult hat (und das vermutlich immer noch ab und zu tut, auch wenn ich sie in letzter Zeit wenig zu Gesicht bekomme).

Papa nimmt mein Schweigen als Zustimmung und widmet sich zufrieden der Speisekarte. Claudia auch. Ich betrachte ihr glubschäugiges Profil und versuche zu kapieren, warum jemand lieber mit ihr leben möchte als mit Mama.

„Eigentlich“, sage ich, während ich die Liste der Vorspeisen durchforste, „dachte ich, ihr hättet mich abgeholt, weil ihr eine besondere Nachricht für mich habt. Dass ich ein kleines Brüderchen oder Schwesterchen bekommen werde oder so.“

Papa und Claudia starren einander an, erst perplex, dann erheitert. „Keine Spur“, sagt Papa. „In dieser Richtung ist auch nichts geplant, da kannst du beruhigt sein.“

„Na umso besser“, sage ich und lächele mein nettestes Lächeln. „Ich dachte nur – weil Claudia um die Mitte herum ziemlich zugenommen hat.“

Klar ist es ein billiger Sieg, aber ich freue mich trotzdem, als Claudia nicht mehr bestellt als eine Suppe und anschließend gedünstetes Gemüse mit Naturreis. Das Lächeln auf ihrem Gesicht wirkt wie aufgeklebt. Wenn sie könnte, würde sie wahrscheinlich sofort nach Hause fahren und sich auf die Waage stellen.

Dafür ist mein Appetit zurückgekehrt. Was so ein bisschen Rache alles bewirken kann! Ich esse Rindfleischcarpaccio mit Parmesan, die besagten Rinderrouladen und zum Abschluss einen Eisbecher von bombastischer Größe. „In meinem Alter verbrenne ich das wie nichts“, sage ich kauend und beobachte genüsslich, wie Claudia in ihren Broccoli stochert.

„Habe ich dir übrigens schon erzählt, Papa, dass bei uns ein fantastischer Koch wohnt? Im Vergleich zu seinem Essen ist das hier höchstens mittelmäßig. Ehrlich. Überhaupt sind die Leute in der Wohngemeinschaft alle total nett zu mir. Isabell behandelt mich wie eine Erwachsene und Rajan („Kurt“, kichert eine kleine Stimme in mir, „er heißt Kurt!“) ist ein Yogameister und kennt sich total mit Stressbewältigung aus (und mit Ordnung im Kühlschrank). Gute zehn Minuten lasse ich mich schwärmerisch über die Vorteile des WG-Lebens aus, so lang, dass ich es beinahe selbst glaube. So lange, bis mir einfällt, dass ich morgen wieder mit Kloputzen dran bin.

„Freut mich, dass du dich so wohlfühlst“, sagt Papa.

„Ja“, sage ich und würde mich auch freuen, wenn es wahr wäre.

Schwindeleien und Erpressungen

Sie bringen mich mit dem Auto bis vor die Haustür. Ich kann Papa ansehen, dass er zu gerne mit hinaufkommen und sich mein neues Domizil ansehen würde, aber er traut sich nicht. Dem Blondfisch hingegen ist am Gesicht abzulesen, dass er nur weg will. Schnell und weit.

Ausnahmsweise ist auch Mama mal zu Hause. Sie hat in ihrem Zimmer das Bügelbrett aufgebaut und bügelt unser Zeug. Singend. Normalerweise bügelt sie fluchend. „Alles o. k. bei dir?", frage ich vorsichtig.

Mama strahlt.

„Alles prächtig. Ich bin so *froh*, dass wir hier eingezogen sind. Isabell hat recht gehabt, es ist wie eine Verjüngungskur für mich." Sie stellt das Bügeleisen weg und strubbelt mir durch die Haare. „Ist es für dich auch in Ordnung, Nina? Oder nicht? Du würdest mir sagen, wenn nicht, oder?"

„Sicher", brumme ich. „Wenn du mir dafür das nächste Mal mitteilst, dass Papa mich von der Schule abzuholen gedenkt."

Mama reißt die Augen auf. „Ogottogott, das hab ich vergessen! Stimmt! Deshalb bist du so spät dran!"

„Ja", grolle ich. „Eine richtige Mutter hätte längst die Polizei alarmiert, aber du bügelst und singst."

„Das tut mir so leid, Nina. So was passiert mir nie wieder, versprochen. Geht es Papa gut?“

Oh, oh, das ist eine Fangfrage. Sage ich ja (was der Wahrheit entspricht), ist Mama danach vielleicht nicht mehr so gut gelaunt. Sage ich nein, lüge ich und Mama fängt möglicherweise an, sich neue Hoffnungen zu machen. Halbwahrheiten sind gefragt.

„Papa geht es wie immer, aber der Blondfisch ist ziemlich mies drauf. Ich hab ihm das Essen versaut.“

Ich erzähle Mama von unserer Tischunterhaltung und sie lacht sich kaputt. Andere Mütter hätten vielleicht zwischendurch angemerkt, dass Gehässigkeit ein unschöner Zug ist, sogar wenn sie sich gegen die neue Freundin des Vaters richtet. Aber andere Mütter wären auch nicht in eine Wohngemeinschaft gezogen.

Am Abend bestellt sie uns Pizza und ich tue, als wäre das die beste aller Ideen, obwohl ich gesehen habe, dass Lennie mir eine kleine Großartigkeit im Kühlschrank deponiert hat. Die muss bis morgen warten.

Tags darauf in der Schule hat Vicky schon wieder dieses Glänzen in den Augen. „Diesmal“, flüstert sie mir während der Englischstunde zu, „musst du nur mit mir zwei Gänge weiter gehen. Er heißt Hannes, geht in unsere Schule und sieht super aus. Er ist dir bestimmt schon aufgefallen – ganz kurze, dunkle Haare, grüne Augen … trägt gern Lederjacken.“

Ich schüttle den Kopf. „Danke, kein Bedarf."

„Ach komm", sagt Vicky störrisch. „Ich habe ihm schon gesagt, dass wir in der Pause vorbeischauen."

„Schau alleine vorbei." Nur über meine Leiche kriegt sie mich noch zu einem dieser peinlichen Blind Dates. Außerdem habe ich eine dunkle Ahnung, wer dieser Hannes ist: Ein hübscher, aber total versnobter Markenfreak. Da meine T-Shirts nicht von Versace, sondern von H&M sind, wird er mich sowieso keines Blickes würdigen. Und ich habe es satt, keines Blickes gewürdigt zu werden.

„Sei keine Spielverderberin", fleht Vicky.

„Bin ich nicht. Aber …"

„Aber was?"

Ich weiß nicht, warum ich jetzt sage, was ich sage. Wahrscheinlich nur, weil es sich gut anfühlt. „Aber ich habe letztens selbst jemanden kennen gelernt."

„WAS?" Vickys Quietschen lässt alle herumfahren, einschließlich Professor Seifert, unserem Englischlehrer. „Quiet please!", raunzt er.

„Sag das noch einmal!", wispert Vicky aufgeregt, sobald keiner mehr hersieht. Mir tut meine Schwindelei bereits leid, aber es ist zu spät. Ein Rückzieher hat keinen Sinn, sie würde mir kein Wort glauben.

„Nicht so wichtig. Keine Ahnung, ob wirklich etwas daraus wird."

Das sieht Vicky anders. Es sei *sehr* wichtig, betont sie noch mindestens zehn Mal an diesem Vormittag und will alles wissen: den Namen, die Haarfarbe, die Augenfarbe, die Schuhgröße. Ich schweige beharrlich. Nur, dass ich „nicht über ungelegte Eier reden will“, kriegt Vicky aus mir heraus.

„Den Namen, sag mir wenigstens den Namen!“ Ich lächle nur vieldeutig.

„Du bist fies, ich erzähl dir immer alles!“ Damit lässt Vicky mich nach der letzten Stunde stehen und wirft sich Simon, der schon vor der Schule auf sie wartet, in die Arme.

„Kunststück“, denke ich. „Wenn mein Freund echt und nur halb so toll wäre wie Simon, würde ich auch von nichts anderem mehr reden.“

Wie schnell so eine Woche vergeht. Schon ist wieder Freitag. Kloputztag. Ich stöpsele mir die Ohren mit Kopfhörern zu und lasse „Mad World“ über den mp3-Player laufen. Das passt.

Während ich mit Schwammtuch und sehr viel Zitronenreiniger über die Klobrille wische, frage ich mich, wie ich Vicky die Wahrheit sagen soll. Eigentlich habe ich nicht die geringste Lust zu lügen. Aber auch keine Lust, verkuppelt zu werden. Ich rubble an der Klobrille herum, als wäre sie an allem schuld.

Ich könnte Vicky erzählen, dass ich noch ein Date mit dem Unbekannten hatte, und er sich als Totalflop erwiesen hat. Nur wird sie dann weiterhin Minigolfpsychopathen und Blutelfen anschleppen, in der Hoffnung, mich damit glücklich zu machen. Nein, das ist keine Lösung. Wenn ich ihr aber gestehe, dass ich geschwindelt habe, und es den großen Unbekannten nicht gibt – dann hält sie mich für völlig verzweifelt und wird erst recht versuchen, mich an den Mann zu bringen.

Ich seufze und verpasse der Toilettenmuschel eine extra grobe Behandlung mit der Klobürste. Es ist ganz schön hart, eine beste Freundin zu haben, die es so gut mit einem meint.

Als ich geschafft und umwölkt von Zitronenaroma in die Küche gehe, sitzt dort Isabell bei einem Glas Wein. „Nina!“, sagt sie übertrieben fröhlich. „Naaaaa? Geht's dir gut? Alles o. k.? Schon Pläne fürs Wochenende?“

Etwas an der Art, wie sie mich ansieht, lässt bei mir sämtliche Warnglocken schrillen. „Ja, alles in Ordnung. Nein, keine Pläne bisher“, sage ich vorsichtig.

„Ah. Gut. Weißt du, Nina, ich muss etwas mit dir besprechen. Deiner Mama hab ich es schon gesagt und sie war einverstanden.“

Sätze wie dieser leiten meistens Katastrophen ein. Ich setze mich Isabell gegenüber an den Tisch. „Womit einverstanden?“

Sie putzt umständlich einen Lippenstiftabdruck vom Rand des Glases. „Ach. Eine Kleinigkeit eigentlich. Du weißt bestimmt, dass ich geschieden bin?“

Ich nicke. Mama hat es mir erzählt und ich war nicht sehr verwundert. Von Isabell würde ich mich auch scheiden lassen.

„Und du weißt auch, dass ich ein Kind habe?"

Nein, das wusste ich nicht.

„Mein Kleiner hat bisher in Barcelona gelebt, bei seinem Papa. Doch der ist seit neuestem beruflich so wahnsinnig gestresst und so haben wir beide beschlossen, dass Diego nach Wien kommen und hier in die Schule gehen soll." Sie lächelt verzückt. „Diego ist der Name von meinem Kleinen. Süß, oder?"

„Sehr süß." Das dicke Ende kommt gleich, ich spüre es. Wahrscheinlich soll ich bei Diego babysitten, wenn Isabell abends feiern geht. Gratis natürlich.

„Jedenfalls braucht Diego ein Zimmer. Und nachdem du mit deinem so unzufrieden bist, dachte ich, du ziehst einfach in Katjas Zimmer. Dann habt ihr eine richtige Mädchenbude. Cool, oder?"

Mir fehlen die Worte. Ich starre Isabell in ihr süßlich lächelndes Gesicht und kann es nicht glauben. Natürlich finde ich mein Kämmerchen furchtbar und eng und dunkel. Aber immerhin bedeutet es *irgendeine* Privatsphäre! Und nun soll ich mich mit Mama in ein Zimmer quetschen?

„Kommt nicht in Frage", sage ich. Meine Stimme schwankt ein bisschen und ich räuspere mich. „Diego kann doch bei dir schlafen. Du hast das größte Zimmer von allen und er ist *dein* Kleiner." Isabells Lächeln verschwindet, sie seufzt theatralisch.

„Hach, naja, aber mein Wohnraum ist gleichzeitig mein Atelier. Ich brauche zum Malen viel Platz. Komm, ich zeige es dir." Sie schleppt mich in ihr Zimmer. Der Boden ist bedeckt mit Leinwänden in verschiedenen Größen, überall stehen Farbflaschen herum, Pinsel ragen aus hohen Gläsern. Es stinkt nach Terpentin. Ich habe den Verdacht, sie hat ihr ganzes Zeug absichtlich so drapiert. Hier hat kein zweiter Platz, das ist klar. Ich starre sie wütend an. „Dann lass dir eben etwas anderes einfallen. Mein Zimmer ist tabu."

Isabell tut so, als würde sie überlegen, kratzt sich sogar am Kopf. Dann seufzt sie wieder gekünstelt und sieht mich mit gespieltem Bedauern an. „Nun, dann werde ich mit Lennie sprechen müssen. Er hat nur einen befristeten Mietvertrag für sein Zimmer und der läuft bald aus. Schade eigentlich." Sie dreht sich um und lässt mich stehen. Zum Glück, so sieht sie meine Wuttränen nicht.

„Miese Erpresserin, blöde", murmle ich, während ich in mein Zimmer zurückschleiche. In mein *Noch*-Zimmer, weil ich natürlich nachgeben werde, bevor die dämliche Kuh Lennie auf die Straße setzt. Ich knalle die Tür so fest hinter mir zu, dass man im Innenhof ein dreifaches Echo hört, und hoffe, dass Isabell vor Schreck das Weinglas aus der Hand gefallen ist.

„Das kann doch ganz nett werden." In Mamas Stimme vibriert aufgesetzte Fröhlichkeit. „Wir kaufen uns einen eigenen Fernseher – oder wir können quatschen bis in die Nacht, wie Freundinnen. Stell dir einfach vor, du würdest jede Nacht bei einer Freundin schlafen. Es wird Spaß machen, wart es nur ab."

Nein, normalerweise ist Mama nicht so beschränkt. Es muss der Ausnahmezustand sein, der ihr Gehirn außer Betrieb setzt. Oder die Angst davor, dass ich doch beschließe, zu Papa und dem Fisch zu ziehen.

„Wenn mein Bett und mein Schrank in dein Zimmer übersiedeln, können wir einen Fernseher höchstens noch aufs Fensterbrett stellen", erkläre ich ihr. Mama verstummt. Sie zupft Fusseln von ihrem Pulli und schaut abwechselnd aus dem Fenster und auf den Boden. „Du hasst die WG, stimmt's?", flüstert sie. „Es tut mir so leid, Nina, ich hätte mir etwas anderes einfallen lassen müssen. Ich dachte nur, es wird schön für uns, unter Leuten zu sein und nicht … nicht allein herumzusitzen und – naja, du weißt schon. Ehrlich gesagt, für mich klappt das auch gut. Ich find es schön hier."

So – dein Einsatz, Nina. Sag schon, dass es dir genauso geht, dass du es lustig findest, gesellig, abwechslungsreich. Dass mit Mama im gleichen Zimmer zu schlafen eine richtig witzige Idee ist, voll innovativ, sollten alle so machen.

„Ich werde mich schon daran gewöhnen", murmle

ich. Das genügt, um Mamas schlechtes Gewissen abzuwürgen.

„Fein, mein Schatz. Du weißt gar nicht, wie froh ich bin. Ich wäre nur sehr ungern so schnell wieder hier ausgezogen.“ Sie drückt mir einen Kuss aufs Haar und strahlt mich an. „Ich gehe wieder in die Küche und trinke ein Glas mit Isabell. Kommst du mit?“

Ich hasse Isabell. „Nein danke, ich muss noch lernen.“ Mama zwinkert verständnisvoll und huscht dann davon. Ich krame mein Tiefsee-Buch unter dem Bett hervor, schlage die Seite mit dem Gespensterfisch auf und stelle mir vor, ich wäre er. Wie viel Platz ich dann hätte!

Die nächsten zwei Wochen schleppen sich mühsam dahin. Vicky leidet, denn erstens hat sie ein Mega-Nicht genügend in Mathe gekriegt, zweitens hülle ich mich auf alle ihre Fragen, die meinen angeblichen Schwarm betreffen, in Schweigen.

„Wie sieht es aus, kann ich demnächst einmal zu dir kommen und du prügelst diese dämlichen Gleichungen in mein Hirn?“, fragt sie mich eines Vormittags nach der Deutschstunde.

„Klar“, will ich schon sagen, aber das Wort bleibt mir im Hals stecken. Wenn sie mich besuchen kommt, sieht sie, dass unsere WG alles Mögliche ist, aber nicht cool. Dann sieht sie mein hasenstallgroßes Zimmer und irgendwer wird ihr verraten, dass ich das auch nicht mehr lange haben werde. Das Ende vom Lied wird sein, dass sie mich bemitleidet. Und das will ich nicht. Kann sein, dass ich in der Hinsicht einen Knall habe, aber so ist es nun mal.

„Können wir nicht auch bei dir lernen?“, frage ich sie. „Bei uns ist immer so viel los. Da kann sich kein Mensch konzentrieren.“ Vicky sieht ein bisschen enttäuscht drein, aber sie ist einverstanden. „Obwohl es schon schade ist“, sagt sie. „Ich bin total neugierig auf deine Künstler-WG.“ Sie macht eine nachdenkliche Pause. „Simon übrigens auch. Er hat mich schon gefragt, ob bei euch nicht noch ein Zimmer frei ist – seine Eltern spinnen nämlich wieder mal.“

Mein Herz hüpft einen Salto rückwärts und bleibt irgendwo in meinem Hals stecken. Für Simon würde ich mein Zimmer sofort räumen. Oder noch besser, es mit ihm teilen. Ich übernehme auch seinen Kloputz-Dienst.

Offenbar sehe ich ziemlich belämmert drein, denn Vicky grinst und schüttelt beruhigend den Kopf. „Keine Angst, er steht sicher nicht morgen vor der Tür und bittet um Asyl. Das war nur ein Witz von ihm, er ist höllisch frustriert im Moment.“

Da sind wir schon zwei. Ich sollte mit Simon eine Selbsthilfegruppe für höllisch frustrierte Teenager gründen. „Ehrlich gesagt“, fährt Vicky fort, „wir beneiden dich beide wie verrückt. Du wohnst mit coolen Leuten zusammen, bist genial in Mathe und frisch verliebt bist du auch – so viel Glück ist fast schon unheimlich.“

„Ihr spinnt ja“, rutscht es mir heraus. Und weil Vicky daraufhin so ein verblüfftes Gesicht macht, gebe ich zu, dass die WG gar nicht so toll ist. „Mein Zimmer ist winzig und ich muss sogar putzen.“

„Na und?“, sagt Vicky ungerührt. „Glaubst du, das muss ich nicht? Und dass mein Zimmer auch nicht gerade eine Reithalle ist, weißt du doch selbst!“

Aber du hast Simon, du hast Simon, verdammt! In meinem Kopf schreit es so laut, dass ich Angst habe, Vicky kann es hören, sie guckt schon ganz verdattert. „Du bist komisch in letzter Zeit“, stellt sie fest. „Als wärst du in Gedanken ganz weit weg.“

„Hm“, sage ich. Mehr fällt mir nicht ein und dann ist die Pause zum Glück vorbei.

Drei Tage später räume ich mein Zimmer aus. Mama hat in ihrem Platz gemacht und versucht, mir in einer Ecke eine nette Nische mit Vorhang einzurichten – damit ich Privatsphäre habe –, aber das ist verlorene Liebesmüh. Wenn sie hier ihre Musik hört, werde ich wahnsinnig und umgekehrt. Außerdem kenne ich sie: Sollte ich tatsächlich den Vorhang zuziehen, dauert es höchstens fünf Minuten bis sie nachsehen kommt, was ich mache. Sie kann nichts dafür, sie ist eben neugierig.

Die Aussichten sind also trübe und das Bett ist elend schwer. Mama und ich geben uns alle Mühe, es mit vereinten Kräften aus meinem Kämmerchen zu befördern.

Ich habe das Desaster mit der Kommode noch gut in Erinnerung und versuche, meine Zehen aus der Falllinie der Bettpfosten zu halten. Während wir uns abkämpfen, um das Bett durch die viel zu engen Türen zu manövrieren, taucht der Yogi auf, seine übliche Duftspur wabert hinter ihm her. „Ihr braucht Hilfe“, stellt er fachmännisch fest. Ich will mich schon freuen und ihm mein Ende des Bettes in die Hände drücken, aber er sieht mich nicht mal an, sondern schnappt sich Mamas Seite. „So“, meint er. „Jetzt mal mit ein bisschen Energie, Nina!“

Meine Energie gleicht der eines vom LKW plattgewalzten Regenwurms. „Mehr rechts … nein, mehr links … ein bisschen anheben …“ Rajan kann sich nicht entscheiden und mir reißen bald die Arme ab. Nach einem Gewaltakt, der einen tiefen Kratzer im Türstock hinterlässt, ist es geschafft und Mama schenkt Rajan ein strahlendes Lächeln. „Vielen Dank – was hätten wir nur ohne dich gemacht? Kann ich mich revanchieren? Isabell hat gesagt, du magst Bananenmuffins und ich bin richtig gut im Backen.“

Der Yogi sieht erfreut aus; gemeinsam begeben sie sich in Richtung Küche und lassen mich zurück. Bananenmuffins! Seit wann stellt Mama sich freiwillig an den Herd? Für mich tut sie das nie!

Okay, das sind erschreckend lächerliche Gedanken. Was ist denn los mit mir, entwickle ich mich rückwärts? Zum Kleinkind? Dann passe ich ja zu Isabells spanischem

Diego. Mit Wut im Bauch schleudere ich den Kopfpolster aufs Bett, dann die Decke, dann mich selbst. Wieso geht ausgerechnet mein Leben so schief?

„Willst du morgen mit zum Flughafen kommen, Diego abholen?“, zwitschert Isabell, als wir abends im Wohnzimmer sitzen, weil gleich ein Krimi anfängt.

„Ganz. Sicher. Nicht.“, sage ich voller Überzeugung. Isabell wirkt gekränkt. „Schade, ich wollte ein richtiges Begrüßungskomitee zusammenstellen, mit Transparenten und Luftballons, damit er sieht, wie sehr wir uns freuen.“

„Er kriegt mein Zimmer. Meine Freude hält sich in engen Grenzen.“ Isabell soll ruhig mitkriegen, dass ich ihre Erpresserei nicht vergessen habe.

„Wie steht's mit dir, Katja?“, startet sie einen neuen Versuch, aber auch Mama winkt ab. „Kann nicht. Hab morgen wieder einen Vorstellungstermin – den hat der Rajan mir organisiert.“ Sie lacht von einem Ohr zum anderen, wie schon lang nicht mehr. „Hier einzuziehen war wirklich eine gute Idee.“

Ich sag nix, sondern stopfe mir den Mund mit Erdnüssen voll, Isabells Erdnüssen. Die sollen gut für die Nerven sein, das sagt nicht die Weisheit des Yogi, sondern meine Biolehrerin. In der Nacht stellt sich heraus, dass ich alle Nerven brauche, die ich kriegen kann, denn Mama schnarcht.

Isabells Kleiner

Der nächste Schultag ist kurz, aber ich trödle nach der letzten Stunde extra herum. Ich hab keine Lust aufs Nachhausekommen, wenn ich keinen Platz für mich habe.

Vicky trödelt auch, denn sie wartet auf Simon, der eine Stunde länger Unterricht hat. Wir reden über Klamotten, ein rotes Top, das Vicky gesehen hat und unbedingt haben muss. „Endlich wieder normale Gespräche", denke ich erleichtert und bin deshalb überrumpelt, als Vicky plötzlich den Satz: „Was ist jetzt eigentlich mit deinem neuen Freund?", aus dem Hinterhalt schießt.

„Gar nix", sage ich verdrossen. „Warum lässt du mich nicht endlich mit dem Thema in Ruhe?"

„Weil ich ihn gern kennen lernen will! Es wäre doch echt cool, wenn wir zu viert weggehen könnten, ich und Simon, du und – der große Geheimnisvolle. Ich hab auch kein Problem damit, wenn wir zu dritt etwas unternehmen, aber du schaust dann immer drein, als wäre gerade dein Hamster verendet oder so."

Ehrlich, mir reicht diese Diskussion jetzt. „Vielleicht hab ich ja nur Angst, dass er sich in *dich* verliebt", sage ich. Meine Stimme klingt patzig. „Vielleicht steht er genauso auf blond wie alle anderen, ich hab ihn noch nicht gefragt. Und dann hätten wir ein echtes Problem, oder?“

Vicky starrt mich mit kornblumenblauen Kugelaugen an, als wäre ich ein Kalb mit drei Köpfen. „Ist das dein Ernst?“

„Klar“, triumphiere ich, in der Hoffnung, dass sie dann endlich Ruhe gibt. „Neben dir bin ich doch meistens unsichtbar.“

„So ein Quatsch“, knurrt sie. „Blond oder brünett oder giftgrün – ist doch völlig wurscht. Wenn er in dich verknallt ist, dann intressiert ihn keine andere. Ich nicht und nicht einmal Angelina Jolie.“ Sie mustert mich mit leicht zusammengekniffenen Augen. „Du weißt doch, dass ich dir nie deinen Freund ausspannen würde, oder? Wenn du mit jemandem zusammen bist, dann ist der für mich Sperrzone. Ist ja wohl logisch.“

Ich nicke, gerührt. Aber Vicky ist noch nicht fertig.

„Umgekehrt ist es doch genauso. Du würdest dich nie an jemandem vergreifen, in den ich verliebt bin, stimmt’s?“

Würde ich nicht? Würde ich nicht. Ich denke an Simon und in meinem Inneren zieht sich alles schmerzvoll zusammen.

„Eben“, ereifert sich Vicky. „Glaubst du, ich bin eine schlechtere beste Freundin als du?“

„Natürlich nicht“, sage ich lahm und hänge mir meine Tasche um die Schulter. Besser, nach Hause ins Chaos fahren, als weiter mit Vicky dieses Gespräch führen und dabei daran denken, dass sie sich gleich in Simons Arme kuscheln wird. Jetzt holt sie auch noch den Schlüsselbund mit dem Herz heraus.

„Also, was ist? Bringst du ihn mal mit? Oder kommst du am Wochenende wenigstens allein mit ins Kino? Keine Zombies, ich schwör's!“ Sie hebt tatsächlich zwei Finger zum Schwur.

„Vielleicht“, murmle ich, schon halb auf dem Weg zur Tür.

„Ach, und am übernächsten Wochenende schmeißt Tom eine Party, du weißt schon, der Tom aus Simons Klasse. Da bist du sicher auch eingeladen!“, ruft sie mir noch hinterher.

Ich habe gerade gar keine Lust auf Partys. Am Anfang geht es ja noch, da werden Chips gegessen und es wird getanzt und rumgeblödelt – aber irgendwann wirft jemand „Kuschelrock“ in den CD-Player und dann ist es vorbei. Es wird nur noch eng getanzt oder schmusend in den Ecken herumgekugelt. Und was tut Nina? Nina steht angeödet herum und versucht, Vicky und Simon nicht beim Küssen zuzusehen.

Meistens kommt nach kurzer Zeit ein männlicher Partybesucher auf mich zu, ebenfalls Single und auf der Suche nach einer Knutschpartnerin. Er nimmt meine Hand zwischen seine schweißfeuchten Finger, zieht mich zur Tanzfläche und quetscht mich an sich. Spätestens jetzt ist sein Gesicht so nah an meinem, dass ich jeden einzelnen seiner Pickel zählen kann. Und dann kommt der originelle Spruch des Abends: „Du hast so schöne Augen!“

Das ist für mich das Zeichen zum Aufbruch, ich zücke mein Handy und lasse mich vom gerade verfügbaren Elternteil abholen. Nein, so lange ich noch Single bin, gehe ich auf keine Party mehr. Doch das kann ich Vicky auch ein anderes Mal auf die Nase binden.

Zu Hause in der WG ist es ruhig wie selten. Kein indisches Gedudel aus Rajans Zimmer, keine Kochgeräusche von Lennie. Nicht einmal Isabell wuselt herum, um hektisch alles für ihren *Kleinen* vorzubereiten. Ich krame mir ein Joghurt aus dem Kühlschrank und lasse mich auf einen Stuhl plumpsen. Seit ich hier wohne, sind Ruhe und Ungestörtheit ein seltener Luxus geworden, ebenso wie ein freies Badezimmer.

Ich könnte ein Bad nehmen! Der Gedanke ist wundervoll. Irgendwo in meinen Sachen muss noch eine Flasche mit Vanilleschaumbad stecken – ich werde sie suchen, das Badezimmer von innen verriegeln und zwei Stunden lang niemanden reinlassen. Ha.

Voller Vorfreude durchwühle ich mein Fach in Mamas Schrank und die Truhe hinter meinem Bett, die den Großteil meines Alltagskrams beherbergt. Nichts. Dann muss die Flasche wohl noch in meinem Ex-Zimmer herumliegen. Egal, ich lass schon mal heißes Wasser einlaufen.

Mit offener Hose und den Pulli schon halb ausgezogen über dem Kopf reiße ich die Tür auf und stürme in das Zimmer, das nicht mehr meines ist. Leer ist es leider trotzdem nicht. Wo früher mein Bett war, liegt jetzt eine Matratze und darauf sitzt jemand. Ein männlicher Jemand. Er reißt überrascht die Augen auf, dann grinst er und sagt: „Holà!"

Blitzschnell ziehe ich meinen Pulli wieder da hin, wo er sein soll; glücklicherweise hab ich einen BH an. Der Typ auf der Matratze grinst jetzt noch breiter. Sehr viele weiße Zähne in einem sonnengebräunten Gesicht. „Was für eine schöne Überraschung." Er rollt seine R ganz vorne und noch bevor er sich vorstellt, weiß ich, wen ich vor mir habe.

„Ich bin Diego." Er hält mir die Hand hin. „Der Sohn von Isabell. Und du …?"

„Nina." *Die verlegene, knallrote Nina.* Mein Gesicht fühlt sich an, als könnte man es als Kochplatte verwenden.

„Ah, Nina. Mama hat mir von dir erzählt. Das hier …", er macht eine weit ausholende Handbewegung, „war dein Zimmer, ja?" Sein Akzent ist total umwerfend. Außerdem sieht er ein bisschen aus wie Antonio Banderas. Nur besser. Ich starre die schwarzen Locken an, die sich in seinem Nacken kringeln, und vergesse zu antworten. Diego deutet mein Schweigen falsch. „Du bist sauer auf mich. Weil ich jetzt dein Zimmer habe“, stellt er nüchtern fest.

„Ich dachte, du wärst kleiner“, sage ich, als mir mein Sprachzentrum wieder gehorcht. „Ich meine, jünger“, korrigiere ich mich hastig. „Und vor allem dachte ich, du wärst noch nicht hier.“

Er grinst. „Das habe ich gemerkt. Hat Mama euch gar nicht auf mich vorbereitet?“

„Nicht so richtig. Aber sie nennt dich immer ihren *Kleinen*, also dachte ich du wärst … acht oder vielleicht zehn.“ Boh, ist das alles peinlich. Und der Zippverschluss meiner Hose ist auch noch offen.

„Knapp vorbei. Ich bin sechzehn.“

„Dann muss ich also nicht bei dir babysitten.“

Diego lacht und lässt sich auf seine Matratze zurücksinken. „Nein. Obwohl – nett wäre das schon.“ Er streckt sich und gähnt. „Mama will mir dringend die Stadt zeigen. Vielleicht sage ich ihr, ich gehe lieber mit meiner Babysitterin. Genau. Wenn sie zurückkommt, sage ich ihr das. Sie ist gerade einkaufen, alles mögliche Zeug von dem sie glaubt, dass ich es brauche.“

Hinter mir, bemerke ich gerade, plätschert immer noch Wasser in die Badewanne. Diego nickt mir aufmunternd zu.

„Geh ruhig und nimm dein Bad. Ich wollte dich nicht aufhalten.“

Dummerweise habe ich gar keine Lust mehr darauf.. Trotzdem durchforste ich schnell alle Regale nach dem Vanille-Badeschaum und finde ihn schließlich in einer Ecke am Boden. Diego nimmt mir die Flasche aus der Hand, öffnet sie und schnuppert. „Hmmmm. Wenn du aus der Wanne steigst, wirst du riechen wie ein Dessert. Hey, da merke ich erst, dass ich richtig Hunger habe!“ Er springt auf und macht sich auf den Weg in die Küche. „Viel Spaß beim Schwimmen!“

Ich sehe ihm nach, ein bisschen überfahren von so viel Energie, dann gehe ich ins Bad und verriegle die Tür hinter mir. Ich brauche unbedingt Zeit zum Nachdenken. In vanilleduftgetränktem Wasser denkt es sich aber nicht so gut; das lädt eher zum Träumen ein. Durch die Wand höre ich Diego in der Küche rumoren und den Kühlschrank aufreißen – hoffentlich plündert er Rajans Fach.

Blubb, untertauchen. Ich schließe die Augen und stelle mir Diego vor – die dunkelbraunen Augen, den Mund, der immer ein bisschen lächelt, die schwarzen Locken, die ihm in die Stirn fallen. Er sieht eigentlich zu gut aus, um echt zu sein. Wie hat Isabell so einen prächtigen Sohn zustande bekommen?

Zeit für einen kleinen Check, in aller Ehrlichkeit: Wenn Diego sich unsterblich in mich verlieben würde – könnte ich dann Simon Simon sein lassen und happy sein? Noch immer mit geschlossenen Augen stelle ich im Geiste den blonden Simon neben den dunklen Diego.

Hm. Ich weiß es nicht – vielleicht. Um kein Stück klüger tauche ich wieder aus meinen Vanillefluten auf.

Diego sitzt beim Tisch und futtert, als ich mit gefröntem Haar und in meinem schönsten Bademantel in die Küche komme. Er hat eine Menge von Rajans probiotischem Zeug aus dem Kühlschrank geräumt, aber offenbar nicht angerührt, dafür mampft er gerade Mamas Lieblingspastete auf Lennies selbstgebackenem Walnussbrot. „Hat dir schon jemand die Kühlschrankordnung erklärt?", frage ich ihn.

Diego macht große Augen und schüttelt den Kopf. „Die was?"

„Kühlschrankordnung." Ich stelle mich in Position wie eine Stewardess, die ihren Flugzeugpassagieren erklärt, wo sich die Notausgänge befinden.

„Fach Nummer 1 – das ganz unten – gehört Isabell, deiner Mutter. Alles, was sich dort befindet, kannst du futtern, ohne Angst haben zu müssen. Allerdings", ich hebe den Zeigefinger, „rate ich dir, sämtliche Schraubverschlüsse ordentlich zuzudrehen und alles, was riecht, in Plastik zu packen. Sonst kriegst du Ärger mit dem Besitzer von Fach Nummer zwei. Das ist Rajan der Kühlschrankterrorist, auch genannt der unermüdliche Zettelschreiber, auch genannt Kurt, der Yogi."

„Yog-Kurt?", wirft Diego grinsend ein. Im ersten Moment kapiere ich nicht, was er meint, im nächsten

Moment fällt der Groschen und ich kriege einen Lachanfall, der meine Präsentation leider für eine ganze Weile unterbricht. Diego sieht zu, wie ich mir die Tränen aus den Augen wische und springt sogar auf, um mir den Rücken zu klopfen, als ich mich verschlucke.

„Joghurt", bestätige ich japsend, nachdem ich wieder Luft kriege. „Das zweite Regal ist das Joghurt-Regal. Das dritte ist unseres, da kannst du dich meinetwegen gerne bedienen. Das wichtigste aber ist das vierte, es gehört Lennie, dem besten Koch von Wien. Manchmal versteckt er kleine Leckerbissen für mich in seinem Fach und wenn er dich mag, kriegst du bestimmt auch welche."

Diego schaut beeindruckt. „Menschen, die für andere kochen, sind meistens gute Menschen. Wie meine Großmutter aus Granada."

Noch bevor ich ihn ausfragen und mir Geschichten über seine Großmutter erzählen lassen kann, ist Isabell vom Einkaufen zurück und stößt einen spitzen Schrei aus, als sie sieht, dass ihr *Kleiner* den Kühlschrank geplündert hat.

„Du hättest ihm doch erklären können, wie es bei uns läuft. Wirklich, Nina." Sie sieht mich vorwurfsvoll an. „Du weißt, wie empfindlich Rajan mit seinen Lebensmitteln ist. Wieso denkst du nicht ein wenig an unseren Hausfrieden?"

Ich denke *sehr* an unseren Hausfrieden, sonst würde

ich ihr zur Antwort einige interessante Wahrheiten an den Kopf werfen. In der kurzen Pause, die entsteht, hat Diego die Situation begriffen und nimmt seiner Mutter die Einkaufstaschen ab. „Nina hat mir schon gesagt, dass du sie wahrscheinlich als meine Babysitterin engagieren willst. Erst wollte ich ihr nicht glauben, aber es ist wahr, hm?“ Er drückt ihr einen Kuss auf die Wange und Isabell, entwaffnet, lächelt ihn an. *Ihn*, wohlgemerkt. Mich würdigt sie keines Blickes.

„Im Übrigen hat Nina mir schon die – wie nennt ihr es – Kühlschrankordnung erklärt. Sie ist überhaupt sehr aufmerksam, findest du nicht, Mama? Sie hat ihr Zimmer für mich aufgegeben, obwohl sie mich gar nicht kannte!“ Isabells säuerlicher Gesichtsausdruck spricht Bände. Entweder sie muss mich loben oder sie muss ihrem Kleinen gegenüber zugeben, dass ich mein Zimmer keineswegs freiwillig geräumt habe, sondern sie mich erpresst hat. Beides behagt ihr sichtlich gar nicht, genauso wenig wie mein triumphierendes Grinsen. Sie sagt also nichts, sondern packt ihre Einkäufe aus: Jede Menge Pullis und eine Jacke, damit der sonnenverwöhnte Diego sich im rauen Wiener Klima nicht erkältet; außerdem Unterwäsche (schicke Boxershorts!) und Schulkrempel.

Diego errötet sichtlich unter seiner Bräune, als Isabell die Unterhosen ans Licht befördert, und verstaut sie blitzartig wieder in der Einkaufstasche. Süß, finde ich. Isabell fängt meinen Blick auf und ich kann richtig beobachten, wie bei ihr alle Warnsignale angehen. „Sag mal, Nina, willst du dir nicht etwas anziehen? Oder dir wenigstens den Bademantel ordentlich zubinden? Machst du das immer so, wenn Jungs in der Nähe sind?“

Ich schaue arglos an mir herunter. Peng, erwischt. Der Mantel steht wirklich ein bisschen weiter offen, als ich das gerne hätte. Jetzt werde zur Abwechslung mal wieder ich rot. Diego streicht sich lässig eine Haarsträhne aus der Stirn und nimmt seine Mutter um die Schultern. „Sag, Mama, wofür hältst du mich? Hab ich Nina ungehörig angestarrt? Wenn wir alle hier wohnen, müssen wir einigermaßen locker miteinander umgehen.“

Isabell, plötzlich wieder ganz cool, zuckt die Schultern. „Stimmt schon. Ich sorge mich ja nur um Nina. Sie ist doch erst vierzehn.“

Vielen Dank für diese Bemerkung. „Ich werde demnächst fünfzehn, aber egal“, sage ich und dann gehe ich mir etwas anziehen. Echt super, wie Isabell mich in die Kleinmädchenecke gestellt hat. Das muss ihr erst mal jemand nachmachen.

Ich krame aus meinen Sachen einen kurzen Schottenrock und einen schwarzen Pulli heraus. Während ich mich anziehe, geht mir ständig durch den Kopf, was Diego seiner Mutter entgegnet hat. *Hab ich Nina ungehörig angestarrt?*

Nein, muss ich leider zugeben. Hat er nicht. Wahrscheinlich bin ich nicht der Typ, den man ungehörig anstarrt. Ich begutachte mich im Spiegel und ziehe mein Röckchen ein wenig höher. Immer noch nicht wirklich sexy. Neben der Tür stehen Mamas High Heels mit gut zehn Zentimeter Absatz. Ich schlüpfe rein, wieder ein Blick in den Spiegel – aber hallo! Auf einmal sehe ich größer, superschlank und fünf Jahre älter aus. Noch die Haare aufstecken – wow! Der Haken an der Sache ist, dass ich in diesen Schuhen keinen einzigen Schritt machen kann, ohne mich der Länge nach hinzulegen.

Von draußen höre ich Gerumpel und leises Fluchen; klingt so, als würden Isabell und Diego versuchen, Möbel in den Hasenstall zu transportieren. Ich werfe mich auf mein Bett, streife mir die Stöckelschuhe von den Füßen und wünsche mir, dass auch Isabell eine Kommode auf die Zehen kriegt.

Eine halbe Stunde später klopft es an der Tür. „Nina?“, ruft Diego mit unterdrückter Stimme. So, als wolle er mich nicht aufwecken. Ich husche zur Tür und mache ihm auf.

„Darf ich mich bei dir verstecken?“ Sein Akzent ist wirklich der Hammer. „Mama glaubt, sie muss sieben Jahre Mutterdasein aufholen – an einem Tag!“

Von ihren Müttern geplagte Menschen bekommen bei mir immer Asyl, ganz speziell dann, wenn die Mütter Isabell heißen. Ich lasse Diego herein und mache schnell die Tür hinter ihm zu.

„Gerade hat Mama mich gefragt, welche Jause sie mir

in die Schule mitgeben soll. Sie macht mir wirklich Angst."

„Wirst du in meine Schule gehen?"

Mit Bedauern in der Miene schüttelt Diego den Kopf. „In ein internationales Privatgymnasium. Ich muss eine halbe Stunde lang quer durch die Stadt fahren, ich werde mich garantiert verirren. Aber wenn ich ihr das sage, will Mama mich sicher mit dem Auto hinfahren. Und abholen."

Ich setze mich wieder aufs Bett und schiebe mit einem Fuß die Stöckelschuhe drunter. Währenddessen sieht Diego sich im Zimmer um, mit gerunzelter Stirn. „Ihr habt es sehr eng hier zu zweit", sagt er. „Nur meinetwegen, sorry, ehrlich. Aber du kannst auch mein Zimmer verwenden, o. k.? Ich habe einen Computer und Mama richtet mir gerade den Internetanschluss ein."

Ich mache einen kleinen, fröhlichen Hopser auf meinem Bett. Internetanschluss, das ist eine Ansage! Und nun habe ich schon drei Zimmer, in die ich mich zurückziehen kann, das Leben hier wird immer besser.

„Gehen wir heute Abend ins Kino?", höre ich mich fragen und würde mir am liebsten gleich auf die Zunge beißen. Boh, Nina, bist du aufdringlich!

Diego lächelt schmerzlich. „Würde ich total gerne. Aber es ist mein erster Abend hier, ich muss Papa anrufen, mit Mama essen, ihr Geschichten erzählen, mir ihre Geschichten anhören und alle Leute kennen lernen, die hier wohnen." Er seufzt. „Ein bisschen habe ich gehofft, du würdest auch da sein, dann würde es sicher mehr Spaß machen. Aber ich wünsche dir trotzdem viel Spaß im Kino."

Mir bleibt ganz kurz der Mund offen stehen. „Nein – ich meine, wenn du nicht gehst, dann … äh, ich wollte eigentlich nur … weil …" Mist, was rede ich denn da? Ich wollte nur ins Kino gehen, zur Abwechslung mal ohne Simon anschmachten zu müssen. Moment. Ich stutze. Seit gut einer Stunde habe ich nicht mehr an Simon gedacht. Gibt's das?

Diego steht immer noch in der Tür und lächelt. „Wusstest du", sagt er, „dass Niña auf Spanisch Mädchen heißt?" Ninja spricht er es aus. Wow. Ich fühl mich gleich viel cooler.

„Nein, wusste ich nicht. Danke."

„Gern geschehen", sagt er ganz ernst und geht.

Nina. Niña. Ninja. Ninja Turtle. Ich kichere ziemlich dämlich und halte mir die Hände vor den Mund, damit es draußen keiner hört.

Isabell hat Nudel-Lachsauflauf gemacht, solche Mengen, dass sie uns alle verköstigt. Man sieht ihr an, dass sie dafür gelobt werden will. Mama tut das ausgiebig, Rajan nickt immerhin gnädig und Lennie, der heute Abend frei hat, verlangt eine zweite Portion. Ich kann ihm zwar ansehen, dass er sich einen Abstecher zum Gewürzregal wünscht, um das Ganze zu verfeinern, aber er will Isabell offenbar nicht die Freude verderben.

„Das kann ich gern öfter machen, ist nicht schwer, ehrlich“, sagt sie und strahlt. Fast könnte sie mir sympathisch werden, würde ich mich nicht zu gut an den Zwischenfall heute Nachmittag erinnern.

Diego sitzt neben Isabell und Lennie, er isst schweigend und hört Rajan zu, der ihm erklärt, wie und wo man seine Mitte findet.

Danach übersiedeln wir gemeinsam ins Wohnzimmer. Jetzt fachsimpelt Lennie mit Diego über die schönsten Gegenden Spaniens und über die spanische Küche. Diego erklärt, was Bunuelos sind (eine Art Krapfen nämlich) und wie man die macht.

„Wieso kannst du so gut Deutsch?“, fragt Lennie.

„Ich bin zweisprachig aufgewachsen, die ersten neun Jahre“, sagt Diego. „Und dann hatte ich es auch noch in der Schule.“

„Toll“, seufzt Lennie. „Mia ist auch zweisprachig aufgewachsen. Deutsch-Italienisch.“ Schon ist er wieder dabei, über Mia zu sprechen und über die Ungerechtigkeit der Welt.

Es wird ein gemütlicher Abend, kaum zu glauben. Mama ist gut drauf, Isabell sowieso, Rajan meckert nur ganz wenig und Lennie muss über seine eigene Verliebtheit grinsen. Wie es aussieht, fühlt sich auch Diego wohl. Mir geht es so weit auch ganz gut, ich bin noch nicht einmal depressiv, weil morgen wieder Klodienst ist.

Es ist nach zehn, als Mama und ich uns in unser Zimmer zurückziehen. „Hat ausgesehen, als würdest du dich wohlfühlen in unserem bunten Haufen“, sagt sie und zieht sich die Bettdecke bis ans Kinn. „Jetzt, wo Diego da ist, wohnt hier noch jemand in deinem Alter. Das ist doch gut, oder?“

Weil du endlich jemanden zum Spielen hast, hätte sie noch vor vier Jahren dazugesagt. „Ja, klar ist das gut.“ Ich drehe mich zur Wand. „Er muss einen netten Papa haben, der ihm alle seine Gene vererbt hat.“

Irgendwann mitten in der Nacht wache ich auf. Es ist total ruhig im Zimmer. Ich setze mich im Bett auf und sehe, dass Mama nicht da ist. Dann muss sie wohl am Klo sein. Total schlaftrunken kippe ich wieder um und schlafe fester als ein Sack voller Steine.

Es kracht

Am nächsten Tag quält Vicky mich mit der Wochenendplanung. „Kino oder Tanzen oder einfach Rumhängen – bei dir zum Beispiel?“

„Ähem – geht leider nicht. Ich habe schon etwas vor.“ Das ist nicht gelogen. Heute Morgen beim Frühstück haben Diego und ich beschlossen, Lennie einen Besuch im Restaurant abzustatten; Diego war ganz verwundert, dass ich es noch nicht kenne. „Bist du gar nicht neugierig?“

Doch. Bin ich eigentlich schon, es ist mir nur bisher nicht richtig klar geworden. Also bin ich heute Abend verplant, und das ist ein gutes Gefühl. *Ich habe schon etwas vor,* ist aber keine Ansage, mit der Vicky sich zufriedengibt. „Was hast du denn vor? Und mit wem? Ehrlich Nina, deine Geheimnistuerei ist total lächerlich.“

Simon, der gerade in unsere Klasse geschlendert kommt, muss Vickys letzte paar Worte gehört haben. „Welche Geheimnistuerei ist lächerlich?“

„Die von Nina.“ Vicky schaut richtig sauer drein. „Sie hat ein Date, aber sie erzählt mir genau gar nichts darüber, keine Ahnung warum.“

„Sie wird schon ihre Gründe haben.“ Da ist etwas in Simons Gesicht, das ich nicht deuten kann. Glaubt er es nicht? Kann er sich nicht vorstellen, dass Klein-Nina auch mal ein Date hat? Als Vicky seine Hand nimmt, versetzt es mir den vertrauten Stich ins Herz. Nein, ich bin nicht geheilt. Bin immer noch simonkrank, da hilft mir der schöne Spanier im benachbarten Schlafzimmer kein Stück. Mit einem Schlag ist meine gute Laune dahin.

„Manche Leute", fauche ich, „können sich eben zurückhalten und müssen nicht dauernd herumposaunen, was sie wann mit wem unternehmen und wie *süüüüüüß* derjenige ist." Vicky sieht mich an, als hätte ich ihr eine Ohrfeige verpasst, Simon schaut betreten zu Boden.

„Tut mir leid", flüstert Vicky. „Ich dachte, wir sind Freundinnen und du interessierst dich für mich. Gut, dass ich jetzt weiß, wie du das siehst." Sie dreht sich um und stolziert davon, Simon wirft mir noch einen hilflosen Blick zu und läuft ihr dann nach.

Mir ist zum Heulen. Am liebsten würde ich Vicky ebenfalls nachrennen und mich entschuldigen, ihr alles erklären – am besten auch gleich zugeben, wie blödsinnig verknallt ich in ihren Simon bin, nur damit sie mich nie wieder so ansieht wie gerade eben. Aber als Vicky zurückkommt, mit rotgeränderten Augen, und sich zur letzten Stunde neben mich setzt, würdigt sie mich keines Blickes. Ich selbst bekomme keinen Ton raus, aber mir fällt ohnehin nichts ein, was ich sagen könnte. Außer, dass es mir leidtut. Unheimlich leid.

Ich putze die Klos, als gäbe es kein morgen. Als könnte

ich dadurch die dämlichen Worte wegwischen, die ich Vicky an den Kopf geworfen habe. Ich ordne sogar die Meditations-Zeitschriften von Yogi-Kurt nach Erscheinungsdatum. Danach nehme ich mir das Badezimmer vor. Diego klopft an den Türrahmen, als ich gerade die Badewanne schrubbe.

„Kann ich dir helfen?"

„Bestimmt nicht", sage ich düster. Trotzdem schnappt Diego sich ein Mikrofasertuch und wischt damit Zahnpastaspritzer vom Spiegel über dem Waschbecken. „Hattest du Ärger in der Schule?", fragt er und poliert als Nächstes die Handtuchhalter.

„Nein. Ja. Nicht richtig. Doch. Ich habe mit meiner besten Freundin gestritten und sie wird nie wieder ein Wort mit mir reden." Komisch, wie einfach es ist, Diego die Wahrheit zu sagen. Viel leichter als bei Mama oder Papa oder sogar Vicky.

„Nie wieder? Glaube ich nicht."

„Doch. Ich war saublöd und habe mich nicht einmal entschuldigt."

„Das kannst du doch nachholen. Ruf sie an. Ich putze hier für dich fertig." Er sieht mich mit diesen kaffeedunklen Augen an und schwingt das Staubtuch. „Wenn wir heute Abend zu Lennie gehen, musst du unbedingt bessere Laune haben."

Na gut. Ich überlasse Diego das Feld und hole mein Handy. Mama ist wieder mal nicht da, also hab ich in unserem Zimmer Ruhe. Die brauche ich auch, weil ich wenigstens diesmal die richtigen Worte finden will. Wenn Vicky überhaupt abhebt. So eisig und verletzt, wie sie in der Schule gewirkt hat, ist das gar nicht sicher.

Besser, ich schreibe ihr eine SMS.

Tut mir leid, dass ich vorhin solchen Quatsch geredet habe. War nicht so gemeint, natürlich interessiere ich mich für dich. Werde zukünftig nicht mehr so blöd sein, gut? Bussi von Nina

Ich schicke es schnell ab, bevor ich es mir noch anders überlegen kann. Vielleicht ruft Vicky gleich zurück, wenn sie es gelesen hat. Ich starre mein Handy an, aber es bleibt stumm. Zwei Minuten. Fünf Minuten. Zehn Minuten. Verdammt, hat sie die SMS nicht gekriegt? Oder das Klingeln nicht gehört? Ich warte noch einmal drei Minuten, dann tippe ich die nächste Nachricht.

Ich kann echt verstehen, dass du sauer bist. Ich bin selbst sauer auf mich, wahrscheinlich noch viel mehr als du. Kann ich es irgendwie wieder gutmachen? Bitte! Nina.

Fünf Minuten später kommt eine SMS zurück. Sie ist kurz, aber besser als nichts.

O. k. Lass uns ein anderes Mal weiterreden. Bin jetzt nicht in der Stimmung. Vicky

Wenn Vicky so etwas schreibt, heißt das, alles kommt wieder in Ordnung. Ich kenne sie. Voller Erleichterung stecke ich das Handy weg und gehe auf Schokoladensuche in die Küche. Dort sitzt auch Diego, trinkt Orangensaft und breitet die Arme in Siegerpose aus, als er mich sieht. „Das Bad ist so sauber, dass man darin operieren könnte“, sagt er. „Du siehst auch wieder besser aus. Hast du eigentlich ein elegantes Kleid?“

Ein *was*? „Nein, nur normale Kleider und ein paar Röcke.“

„Das reicht. Meine Mutter hat mir einen Haufen Geld gegeben, damit ich bei Lennie essen kann – angeblich ist das ‚Gallo blu‘ ein sündteurer Schuppen.“ Er grinst. „Dass du mitkommst, hab ich ihr verschwiegen, sonst wäre sie nicht so spendabel gewesen. Ich habe den komischen Eindruck, sie will dich nicht als Schwiegertochter.“

Mama hingegen ist begeistert, als ich verkünde, dass ich mit Diego essen gehe. „Meine Große! Eine richtige Verabredung im Restaurant!“ Obwohl ich ihr zu erklären versuche, dass es sich dabei nicht um ein romantisches Date handelt, weicht der verzückte Ausdruck nicht von ihrem Gesicht. Sie drückt mir dreißig Euro in die Hand und verspricht mir, dass sie Isabell nichts sagen wird. „Das kann gern unser Geheimnis bleiben“, wispert sie. Ich halte ihren verschwörerischen Blick nicht aus und fliehe ins Badezimmer, um mich für den Abend fertig zu machen.

Diego wartet im Stiegenhaus auf mich und pfeift durch die Zähne, als er mich sieht. „Querida, du siehst toll aus." *Querida* ist, wie er mir ein bisschen später erklärt, nicht etwa ein anderer Ausdruck für Caramba, sondern es heißt Liebling. Zum Glück weiß ich das in diesem Moment nicht, darum werde ich nur ein kleines bisschen rot. Übrigens sieht auch Diego umwerfend gut aus. Schwarze Jeans und ein weißes Hemd, keine Spur von modischem Firlefanz. Wäre ich Filmproduzentin, ich würde ihn auf der Stelle engagieren.

Wir nehmen die Straßenbahn und müssen zweimal umsteigen. Diego erzählt von Spanien und davon, dass er unheimlich gern surft. Ich höre ihm nur mit einem Ohr zu, weil ich damit beschäftigt bin, die anderen Fahrgäste zu beobachten. Diego zieht ihre Blicke auf sich wie ein Magnet.

Um halb sieben sind wir im „Gallo blu" und kriegen einen Tisch, ohne dass jemand uns fragt, ob Mama und Papa noch nachkommen. Wahrscheinlich, weil ich mein Kampf-Make-up aufgelegt habe und Diego sowieso älter aussieht, als er ist.

„Ich hab dreißig Euro mit, und du?", flüstere ich und starre auf die Preise in der Speisekarte.

„Hundertzehn", flüstert Diego zurück. „Die können wir gar nicht aufessen. Also, keine Sorge."

Die Kellnerin kommt und ist sehr freundlich. Hübsch ist sie auch, ihr schwarzer Zopf reicht über den ganzen

Rücken hinunter. Wir bestellen Mineralwasser und Orangensaft, für jeden einen Salat und für mich „Tagliata di Manzo“, das sind gegrillte Rindsfiletscheiben. Diego hätte am liebsten ein Wiener Schnitzel, aber da wir beim Italiener sind, nimmt er „Scaloppine alla Milanese“, das ist so etwas Ähnliches.

„Ach, und wo ist die Küche?“, fragt er, nachdem die nette Zopfträgerin alles notiert hat. Sie runzelt ein klein wenig die Stirn. „Wieso? Seid ihr vom Hygieneamt?“

„Nein, aber wir haben einen sehr guten Freund hier“, sage ich und frage mich, ob das eventuell Mia ist. Könnte sein. „Er arbeitet hier und wir wollen ihn überraschen. Ich weiß, wie hervorragend er kocht, deshalb sind wir da.“

„Carlo ist mit euch befreundet? Na, da staune ich aber.“ Sie lächelt und geht unsere Bestellung aufgeben.

„Wer ist Carlo? Ich dachte, Lennie kocht hier!“ Diego macht ein Gesicht, als täte es ihm jetzt schon leid, Geld für Essen auszugeben, das nicht von Lennie persönlich in die Pfanne gehauen wurde.

„Lennie ist nur Hilfskoch. Hat er dir das nicht erzählt?“

„Nein. Aber wir haben über Rezepte gesprochen – er ist ein Profi! Er kann einem nur mit Worten das Wasser im Mund zusammenlaufen lassen. Wieso ist er Hilfskoch?“

Ich erzähle Diego alles, was Lennie mir erzählt hat.

Warum sein Chef ihn nur Kleinigkeiten machen lässt. Und dass Lennie trotzdem nicht kündigt, weil er in Mias Nähe bleiben will.

Kaum bin ich mit meinem Bericht fertig, kommen unsere Getränke. Diego nimmt einen Schluck vom Orangensaft, lässt ihn im Mund kreisen und nickt gnädig. „Sehr guter Jahrgang. Und wo war nochmal die Küche, Señorita Mia?"

Die dunklen Augenbrauen der Zopfträgerin ziehen sich bedrohlich zusammen. „Woher kennst du meinen Namen?"

Diego schenkt ihr ein strahlendes Lächeln. „Sie sind eben berühmt."

„Ganz schön frech." Mia sieht zwischen mir und Diego hin und her, beschließt offenbar, dass wir zwar albern, aber trotzdem nett sind und geht schulterzuckend davon.

„Das hast du super hingekriegt", lobe ich Diego. „Jetzt können wir sie nach ihren Gefühlen für Lennie ausfragen."

„Auf keinen Fall. Das würde er uns nie verzeihen. Nein, wir müssen das anders machen."

In diesem Moment piepst mein Handy in der Tasche. Eine SMS von Vicky.

Morgen Nachmittag gehen Simon und ich ins Kino und sehen uns den neuen James Bond an. 15.30, Apollo, Saal 3. Bist du dabei? Vicky

Das klingt immer noch sehr kühl. *Bist du dabei?* Was soll ich da zurückschreiben? *Ja, wenn ich nicht störe?*

„Ist etwas passiert?", will Diego wissen. Ich reiche ihm stumm das Handy. „Klingt nicht, als würde sie große Lust haben, mich zu sehen."

Diego liest und nickt. „Klingt, als würde sie fürchten, dass du keine Lust hast. Hast du keine Lust?"

Wenn ich das wüsste! James Bond ist deutlich besser als Zombies, aber die übliche blöde Vicky-Simon-Nina-Konstellation ändert sich nicht. Außer …

„Würdest du mitkommen? Die beiden sind nett. Und ich komme mir dann nicht so überflüssig vor."

Diego wirft mir über sein Glas hinweg einen unergründlichen Blick zu.

„Außerdem verbringe ich gern Zeit mit dir zusammen", füge ich hastig hinzu. „Im Ernst, tut mir leid, wenn es gerade anders geklungen hat."

Diego lächelt, ob meinetwegen oder wegen des Essens, das Mia nun vor uns abstellt, weiß ich nicht. „James Bond. Geht in Ordnung", konstatiert er und dann stürzt er sich auf seine Scaloppine.

„Das Essen ist gut, aber es erreicht nicht Lennies Grad an Göttlichkeit", erkläre ich Diego. Er nimmt es mit Zufriedenheit zur Kenntnis und meint, dass wir in diesem Fall der Gerechtigkeit umso leichter zum Sieg verhelfen können. Ich verstehe nur Bahnhof, aber das macht nichts. Der Abend ist spaßig und schön und als wir nach Hause kommen, bin ich richtig traurig, dass ich in Simon verliebt bin und nicht in Diego.

Wieder wache ich mitten in der Nacht auf und stelle fest, dass Mama nicht in ihrem Bett ist. „Seltsam“, denke ich schlaftrunken, „hat sie auf einmal eine nervöse Blase?“ Fast bin ich wieder in seligen Schlummer gefallen, als leise – ganz leise – die Tür aufgeht. Ich blinzle ins Dunkel. Da schleicht Mama heran, umweht von einer Wolke schwülstiger Gerüche.

Es dauert ungefähr drei Sekunden, bis die Zahnräder in meinem Hirn ineinandergreifen. Die Mama riecht nach Yogi!

Mit einem Ruck setze ich mich im Bett auf. „Bist du jetzt komplett verrückt geworden?“, zische ich. Mama trifft vor Schreck fast der Schlag.

„Nina“, wispert sie zurück. „Warum schläfst du nicht?“

„Warum schläfst *du* nicht? Warum stinkst du nach Räucherstäbchen? Warum schleichst du mitten in der Nacht herum?“

„Das ist nicht der richtige Zeitpunkt für solche Gespräche“, nuschelt Mama und plumpst in ihr Bett. Wenige Minuten später klingen die ersten Schnarchgeräusche durchs Zimmer. Leise erst, dann immer lauter.

Ob Papa sich deswegen hat scheiden lassen? Wegen Mamas nächtlicher Krachmacherei? Ich wälze mich von rechts nach links und wieder zurück. Kann in meinem Leben überhaupt nichts normal laufen? Mit geschlossenen Augen versuche ich, an etwas Beruhigendes zu denken. Tiefseefische. Kleine leuchtende Punkte, tausende Meter unter dem Meeresspiegel. Aber es klappt nicht, dauernd funken mir andere Bilder dazwischen – Vicky, der Yogi, Diego. Und Simon natürlich, immer wieder Simon.

Kino mit Diego

Irgendwann muss ich doch eingeschlafen sein, denn als ich die Augen wieder öffne, ist draußen helllichter Tag und Mama ist bereits aufgestanden. Ich treffe sie in der Küche, wo sie Pancakes in einer Pfanne herausbäckt. Am Tisch stehen Ahornsirup, kleingeschnittene Erdbeeren und Schokosauce. Aha, ein Festmahl für den heimlichen Liebhaber.

„Morgen, Nina!“ Da ist extrem viel Fröhlichkeit in ihrer Stimme und ebenso viel Wachsamkeit in ihrem Blick. Schon klar, sie weiß nicht, ob ich mich noch an den Zwischenfall von letzter Nacht erinnere.

„Morgen, Mama. Für wen ist das Frühstück gedacht?“

„Für uns alle. Dich, Isabell, Diego, Rajan. Lennie schläft noch, bei dem war es gestern wieder spät.“

„Soso.“ Ich nehme einen Pancake in Empfang und überschütte ihn großzügig mit Sirup. Vermutlich vom Geruch angelockt, taumelt auch Diego in die Küche, im Nike-Jogginganzug. Mist, jetzt muss ich das Mama-Verhör verschieben. Mamas Erleichterung ist offensichtlich. Sie bäckt ihre Pancakes, als gäbe es für sie nichts Schöneres auf der Welt und fragt den schlaftrunkenen und daher hilflosen Diego aus. Nach seiner Kindheit, seinen Hobbys, seinen Freunden. Diego antwortet brav immer zwischen zwei Bissen, ist aber sichtlich froh, als Rajan hereinkommt und Mamas Aufmerksamkeit für sich beansprucht.

Ich schaue ganz genau, aber man merkt ihnen nichts an.

Mama fragt harmlos: „Auch Pancakes, Rajan?“ Der Yogi antwortet: „Das wäre wirklich wunderbar, Katja.“ Mama fragt: „Möchtest du Erdbeeren dazu oder soll ich noch eine Banane schneiden?“ Rajan antwortet: „Mach dir nicht zu viel Mühe, Katja, Erdbeeren sind perfekt.“

Wenn überhaupt etwas anders geworden ist, dann höchstens, dass sie einander noch höflicher begegnen als früher. Und andere Blicke wechseln. Handfeste Beweise sind das nicht.

Am Nachmittag, als Diego und ich zum Kino aufbrechen, schiebe ich die Gedanken an Mama und den Joghurt-Yogi weg; es ist höchste Zeit, dass ich mich auf Vicky konzentriere, und darauf, unsere Freundschaft zu kitten. Vor dem Apollo ist noch keine Spur von ihr und Simon; auch in der Halle sind sie nicht.

„Vicky nimmt es nicht so genau mit der Pünktlichkeit“, erkläre ich Diego noch, als ich die beiden schon entdecke. Ich winke und gehe ein Stück auf sie zu. Simon winkt zurück und stupst Vicky an, die deutlich weniger aufgedreht ist als sonst. Sie kommen auf uns zu und Simon küsst mich auf beide Wangen. „Vicky kriegt sich schon wieder ein, keine Sorge“, flüstert er mir dabei ins Ohr. Simon so nah an mir dran macht mich immer schwindelig. Ich atme seinen Geruch ein, als wäre es das letzte Restchen rettender Sauerstoff in einer Taucherflasche und wende mich meiner Freundin zu.

„Hi. Alles wieder o. k.? Ich war so blöd, es tut mir ehrlich total leid. Aber es geht alles drunter und drüber bei mir seit dem Umzug und da bin ich ausgerastet, war überhaupt nicht deine Schuld. Bist du noch sehr sauer?"

Vicky zuckt die Schultern, schüttelt den Kopf, zuckt wieder die Schultern. „Es ist nur, weil ich gedacht habe, wir erzählen uns alles ... wie Freundinnen eben. Aber du erzählst mir nix und von mir willst du auch nichts mehr hören ..." Ihre Stimme wird ganz leise.

„Ja, und genau das war eben Blödsinn", sage ich fest, gehe zu Diego zurück und packe ihn am Arm. „Darf ich vorstellen? Das ist Diego. Er wohnt bei mir."

Simon und Vicky reagieren, als wären ihre Bewegungen synchronisiert worden. Sie starren Diego an, dann mich, dann einander.

Diego lässt sich von ihrer Reaktion nicht erschüttern. „Holà", sagt er fröhlich, schüttelt Vicky die Hand, nickt Simon zu und fragt: „Wollen wir Karten kaufen gehen?"

„Ja sicher", sagt Simon schnell. „Und Popcorn. Ich kümmere mich ums Popcorn. Kommst du mit, Diego?"

Die beiden stellen sich in die Schlange vor der Imbisstheke, während Vicky und ich den Kartenschalter ansteuern. Vicky ist wieder in ein Schweigen verfallen, das jedem Fisch Ehre machen würde.

„Jetzt kannst du dich nicht mehr beschweren", sage

ich. „Ich hab ihn mitgebracht. Dafür hörst du auf mit deinen Verkupplungsversuchen. Oder glaubst du“, ich stoße sie leicht mit der Schulter an, „du hast jemand Besseren in petto als ihn?“

„Nein“, sagt Vicky nur.

Wir kaufen vier Karten und gesellen uns wieder zu den Jungs. Simon legt einen Arm um Vickys Schultern und ich sehe schnell weg, wie immer. Ein Stück weiter links hängt ein Plakat von Spiderman, das ich zwecks Ablenkung studieren kann. Unvermittelt legt sich auch um meine Schultern ein Arm. „Komm, Querida“, sagt Diego leise. „Es fängt gleich an.“ Er führt mich an Simon und Vicky vorbei in den dunklen Kinosaal. Probeweise lehne ich meinen Kopf gegen seine Schulter. Fühlt sich gut an und riecht gut, aber schwindelig wird mir nicht. Während des Films luge ich immer wieder mal zu Vicky hinüber, die stocksteif dasitzt, gelegentlich kreuzen sich unsere Blicke und sie sieht schnell weg. Verstehe ich nicht. Jetzt könnten die Dinge für sie doch endlich wieder paletti sein. Vor lauter Nachdenken kriege ich nur die Hälfte des Films mit. Meine Kinokarten sind in letzter Zeit also echte Geldverschwendung.

Danach hat Diego Hunger auf Eis. „In Barcelona auf den Ramblas gibt es die besten Cafés mit dem allerbesten Eis.“ Es klingt sehnsüchtig. Um zu beweisen, dass Eis auch in Wien fantastisch schmecken kann, gehen wir zu Bortolotti und Diego bestellt sich einen Lambada-Coup, den er mit glückseliger Miene in sich hineinlöffelt. Ich esse wie immer einen Coppa Maronella, Simon auch – nur Vicky hat keinen Appetit, sagt sie und beschränkt sich auf ein Glas Zitronenlimonade, an dem sie lustlos nippt.

Ich überschlage im Kopf die letzten drei Stunden. Habe ich etwas gesagt oder getan, das sie traurig gestimmt haben könnte? Oder hat es schon vorher – mein Herz macht einen Hüpfer – Streit zwischen ihr und Simon gegeben? Der sieht aber ganz normal drein, lächelt mir zu und löffelt sein Eis.

Ich kapiere es nicht. Und ich habe keine Lust auf tagelanges Rätselraten. „Du, Vicky – gibt es noch etwas, über das wir reden sollten? Weil … ich hab das Gefühl, dass du noch immer sauer auf mich bist."

„Quatsch. Warum sollte ich." Mit einem langen Löffel rührt Vicky in ihrem Limonadeglas und erzeugt einen beachtlichen Strudel. „Bin nur müde." Sie legt den Kopf schief und sieht Diego an.

„Nina hat gesagt, du wohnst bei ihr. Heißt das, du lebst auch in der WG?" Diego nickt fröhlich. „Ja. Meiner Mutter gehört die Wohnung und ich bin vor kurzem aus Barcelona zu ihr gezogen. Ich hätte nicht gedacht, dass es mir hier so gut gefallen würde." Sein Lächeln vertieft sich und er legt wieder seinen Arm um meine Schultern. „Ich schlafe in Ninas Zimmer. Alles ein bisschen eng, aber gemütlich, oder?"

Die Frage geht an mich. „Sehr gemütlich“, bestätige ich. An Vickys Gesichtsausdruck sehe ich genau, dass sie *Ich schlafe in Ninas Zimmer* anders verstanden hat, als es gemeint war. Soll ich das aufklären? Wahrscheinlich. Aber nicht jetzt, sie wird mich spätestens am Montag in der Schule ausquetschen wie eine Zitrone.

Eine Zeit lang sagt niemand etwas. Simon stochert in seinem Eis, Vicky sieht aus dem Fenster, Diego summt leise vor sich hin.

„Ich glaube, ich gehe heim“, sagt Vicky dann. „Mit mir ist heute nichts anzufangen. Ihr könnt ruhig noch bleiben.“

„Ich gehe auch“, schließt sich Simon ihr an. Ich versuche, mir meine Enttäuschung nicht anmerken zu lassen. Natürlich geht Simon, wenn Vicky geht, aber es wäre so schön gewesen, ihn einmal ohne sie zu sehen … und zu sprechen …

Verdammt. Ich hab mich überhaupt nicht unter Kontrolle. Simon ist tabu, tabu, tabu. Wann merke ich mir das endlich?

Diego und ich schlendern die Straße hinunter bis zu unserer Haltestelle. Er hat keine Anstalten mehr gemacht, mir den Arm um die Schultern zu legen, aber er beobachtet mich mit einer Art stiller Neugier. Nach dem Abendessen (Mama hat Spaghetti gekocht und erklärt, dass sie nicht mitessen kann, weil sie heute noch ausgeht) nimmt Diego eine Flasche Cola aus dem Kühlschrank – unterstes Fach – und fragt mich, ob wir nicht noch gemeinsam Musik hören wollen. In seinem Zimmer.

„Einfach nur Musik hören?"

„Musik hören und reden."

Isabell kriegt davon nichts mit, sie sitzt im Wohnzimmer und sieht fern, Lennie arbeitet und auch von Rajan ist weit und breit keine Spur. Dreimal darf ich raten, mit *wem* Mama heute Abend ausgeht.

Wir machen es uns also auf der Matratze in meinem früheren Zimmer gemütlich und trinken abwechselnd aus der Flasche. Diego lässt irgendwelches spanische Zeug aus seinem CD-Player dudeln. Er schließt die Augen, als würde er dösen.

„Du bist total verliebt in Simon", stellt er ganz nebenbei fest und drückt mir die Colaflasche in die Hand.

Ich bin zu geschockt, um sofort antworten zu können. Woher weiß Diego das?

„Das sieht ein Blinder", beantwortet er meine unausgesprochene Frage. „Du fängst richtig an zu leuchten, wenn du ihn siehst. Du zuckst jedes Mal zusammen, wenn er Vicky berührt. Komm Nina, gib es zu."

Würde ich ja, aber ich kriege noch immer kein Wort heraus. In meinem Hals steckt ein Klumpen, der furchtbar schnell wächst, gleich wird er mir die Luft abdrücken und ich werde japsend ersticken. Wie ein Fisch auf dem Trockenen.

Diego hat sich aufgerichtet und wischt mir mit dem Handrücken übers Gesicht. Ich habe gar nicht bemerkt, dass ich heule.

„Hast du es Vicky gesagt?", fragt er.

Ich schüttle nur den Kopf.

„Hast du es Simon gesagt?" Der Gedanke ist so irre, dass ich meine Stimme wiederfinde.

„Ich hab doch keinen Knall", schluchze ich. „Warum sollte ich so etwas Dämliches tun?"

„War nur eine Idee." Diego reicht mir ein Taschentuch, betrachtet mich mitfühlend, während ich mich schnäuze, und breitet dann die Arme aus. „Wenn du magst – heul dich ruhig aus."

Genau das tue ich.

Am Montag erwartet Vicky mich schon bei der Klassentür, lächelt mir sogar entgegen und mir fällt ein Stein vom Herzen. „Ich war so komisch drauf am Samstag, es tut mir leid", erklärt sie. „Dabei will ich unbedingt alles über Diego wissen. Der ist ein Hammer. Wie ein männliches Model."

„Ja, sieht wirklich gut aus", bestätige ich. „Obwohl Simon mir besser gefällt", füge ich im Geist hinzu. Ich habe lange überlegt, ob ich es Vicky nicht sagen soll. Diego hat mir zugeredet und gemeint, das würde die Spannung reduzieren und alle wüssten, woran sie sind. Aber ich kann es nicht. Außerdem würde ich damit Vicky den Schwarzen Peter zuspielen und sie dazu zwingen, bei jedem Blick und jeder Geste Simon gegenüber nachzudenken, ob sie mich damit verletzt. Nein, ich lasse die Dinge, wie sie sind.

„Schlaft ihr wirklich zusammen?“ Vickys Stimme ist kaum mehr als ein Flüstern.

„Nein!“ Ich bin froh, wenigstens das aufklären zu können. „Es stimmt schon, dass Diego in meinem Zimmer schläft, aber nur, weil ich es ihm überlassen habe. Ich teile mir jetzt mit Mama ein Zimmer. Doch die ist meistens nicht da. Sie hat, glaube ich … einen neuen Freund.“ Wow, jetzt habe ich es zum ersten Mal laut ausgesprochen. Und das, obwohl es noch nicht mal Beweise dafür gibt.

Doch Mamas Liebesleben interessiert Vicky deutlich weniger als meines. „Du magst Diego sehr, nicht?“

„Ja, unheimlich. Er ist so klug und kann wahnsinnig gut zuhören. Ach, und seinen Akzent finde ich einfach nur süß.“

Vicky nickt und seufzt. „Das stimmt. Du hast echt viel Glück.“

Das muss gerade sie sagen! „Wird auch Zeit“, stelle ich fest.

Es stimmt, ich habe tatsächlich Glück. Ich bin zwar nicht verliebt in Diego, aber ich habe noch nie einen so guten Freund gehabt – noch dazu einen Freund, der so viel hermacht. Und immerhin, ich lüge nicht. Wenn mich

Vicky fragen würde, ob er und ich ein Paar sind, mit allem Drum und Dran, würde ich nein sagen. Glaube ich. Bis dahin genieße ich das Gefühl, zur Abwechslung mal nicht als Single betrachtet zu werden.

Warum Vicky jetzt so ein bedrücktes Gesicht machen muss, verstehe ich aber nicht. Bin ich ihr als Single-Freundin soviel lieber? Denkt sie, ich hätte ab sofort weniger Zeit für sie? Warum wollte sie mich dann verkuppeln? Oder – halt – macht sie sich Sorgen um mich? Die kann ich zerstreuen!

„Was ich an ihm besonders toll finde, ist, wie viel Einfühlungsvermögen er hat. Wenn ich mit ihm rede, versteht er sofort, was ich meine. Und er ist immer für mich da." Ha, entspricht alles der Wahrheit. Vickys Miene hellt sich aber kein Stück auf. „Gratuliere", sagt sie und dann läutet es, die Stunde beginnt und ich muss mich auf Englisch konzentrieren statt auf die merkwürdigen Launen meiner besten Freundin.

Partyverwirrungen

Am darauffolgenden Wochenende steigt die Party bei Tom, Simons Kumpel. Nachdem er außer mir noch nicht so viele Leute kennt – die meisten von seiner Schule sind ihm zu arrogant –, hat Diego Zeit und kommt mit. Zum ersten Mal seit Urzeiten freue ich mich auf eine Party. Als ich Diego erkläre, woran das liegt, runzelt er die Stirn. „Du hast doch aber früher sicher schon einen Freund gehabt, oder?"

Ja, hatte ich. Mit knappen dreizehn – er hieß Nico, war sehr schnuckelig und wir gingen vier Monate lang miteinander. Dann verließ mich Nico wegen Tamara aus seinem Karatekurs, eine Zeit lang tauchte niemand zum Verlieben auf und dann schleppte Vicky Simon an. Seitdem bin ich simonkrank.

Diegos Blick während meiner Erzählung wirkt belustigt, also frage ich zurück. „Und du? Verliebt? Glücklich? Unglücklich? Los, raus mit der Sprache!"

Ein wenig ziert er sich, mein Spanier, aber dann erzählt er mir von Lucia, mit der er im letzten halben Jahr zusammen war. Sie sei zwei Jahre älter als er und würde nun in den USA studieren. „Aha, deswegen wirkst du so reif", sage ich und ernte sofort eine spielerische Kopfnuss.

„Ich war trauriger, als man es sich vorstellen kann",

sagt er. „Aber sie bleibt dort die nächsten drei Jahre – darum haben wir uns getrennt. Ich kann doch nicht auf sie warten, bis ich 19 bin!“

„Bist du deswegen nach Wien gekommen?“

„Nein. Das war wegen meines Vaters, der einen neuen Job hat, in dem er praktisch ständig reisen muss.“ Diego zuckt die Schultern. „Du siehst, alle Leute rund um mich ergreifen die Flucht.“ Er meint es spaßig, aber ich umarme ihn trotzdem. Eine Umarmung kann auf keinen Fall schaden.

Diesmal trägt Diego ein rotes Poloshirt zu seiner schwarzen Jeans und sieht damit zum Niederknien großartig aus. Völlig wurst, was ich mir überwerfe, neben ihm verblasse ich zu einem schattenhaften Nichts. Ich gebe mir trotzdem Mühe: Ein schwarzweißes Kleid, aufgesteckte Haare und große silberne Ohrringe – ich seh selbst fast aus wie eine Spanierin. Jetzt noch Lippenstift, Wimperntusche und ein bisschen Rouge. Na also.

„Sag Juanita zu mir“, hauche ich Diego entgegen, der schon vor der Tür auf mich wartet.

„Ah, Querida, du siehst zum Anbeißen aus.“ Er übertreibt seinen spanischen Akzent höchst drollig und macht ein paar Tangoschritte auf mich zu. „Wir werden sie alle vom Hocker hauen.“

Die Party ist schon in vollem Gange, als wir auftauchen,

es ist aber definitiv noch Partyphase eins: Herumstehen in kleinen Grüppchen, das Buffet plündern, die Lage sondieren. Toms Eltern haben ein beneidenswert großes Haus und einen entsprechenden Partykeller. Über die Stereoanlage läuft Techno-Zeug, das Unterhaltungen fast unmöglich macht, tanzen will aber auch noch niemand. Diegos Hand fest in der meinen, halte ich Ausschau nach Vicky und Simon.

Wir erregen allgemeines Aufsehen. Genauer gesagt ist es Diego, der Aufsehen erregt, besonders unter den Mädchen. Mich mustern die meisten mit einem Blick, der *Wieso hat er sich die ausgesucht?* sagt. Egal, besser als unsichtbar sein, ich schwebe wie auf Wattewölkchen.

Die Lautstärke der Musik treibt uns in den Garten, dort gibt es ein zweites Buffet, Wahnsinn. Ich steuere zielstrebig auf die kleinen Fleischbällchen zu und habe zwei gleichzeitig im Mund, als ich Simon entdecke. Er lehnt am Zaun und schaut in unsere Richtung. Von Vicky ist nichts zu sehen.

„Willst du mal in Ruhe mit ihm reden?“, fragt mich Diego. Das würde ich gerne, aber – worüber? Das weiß Diego auch nicht. „Sprich ganz normal mit ihm, so wie mit mir. Kann doch nicht so schwer sein. Ich suche in der Zwischenzeit Vicky und lenke sie ein bisschen ab.“ Er versetzt mir einen kleinen Schubs in den Rücken und trollt sich unter den Blicken der anwesenden Mädchen zurück ins Haus.

In Ordnung. Unbeholfen tapse ich mit meinen Sandaletten über die weiche Wiese auf Simon zu und sage: „Hi." Womit ich am Ende meiner Weisheit bin.

„Hi", murmelt auch Simon. „Du siehst … gut aus."

Wow, so viel Enthusiasmus halte ich kaum aus. Er sieht übrigens auch gut aus, sein blondes Haar steht hinreißend strubbelig von seinem Kopf ab; ich brauche meine ganze Kraft, um nicht hinzugreifen, und es glatt zu streichen. „Wo ist denn Vicky?" Ich frage das nur, damit überhaupt jemand etwas sagt, aber ich habe offenbar kein gutes Thema angeschnitten. Simons Blick verdüstert sich, als wäre etwas passiert, das meine Schuld ist.

„Ist etwas passiert? Ist sie nach Mexiko durchgebrannt? Führt sie ein Doppelleben als Stripteasetänzerin?" Ich sage das aus purer Verzweiflung, in peinlichen Situationen ist Humor meine einzige Zuflucht. Oder Weglaufen, aber das geht mit den zarten Schühchen auf dem weichen Rasen nicht so gut.

Zum Glück kann Simon über meine blöden Sprüche lachen. „Nina, du bist unbezahlbar. Nein, sie ist nicht in Mexiko, aber … es fühlt sich fast so an. Wir müssten eigentlich miteinander reden, sie und ich, aber wir reden nur aneinander vorbei. Das liegt auch an mir, weil ich nämlich feige bin." Er tritt leicht gegen den Gartenzaun. „Du machst es besser, Nina. Du sagst immer, was dir durch den Kopf geht, ganz gerade heraus."

„Ha", schreie ich innerlich. Gerade heraus, ausgerechnet ich! Wenn das so wäre, müsste ich ihm sofort um den Hals fallen, ihm sagen, dass ich ihn liebe, dass ich jedes Mal heulen könnte, wenn ich ihn und Vicky eng umschlungen sehe, dass ich ihn jetzt am liebsten küssen würde, ohne nur eine weitere Sekunde an Vicky zu denken.

Simon lächelt schief. „Warum schaust du so wild?"

Weil ich nicht mehr weiß, wo ich mit meinen ganzen Gefühlen für dich hinsoll.

„Muss der Hunger sein. Ich geh mal zum Buffet."

„Ich komm mit."

Großartig. Jetzt werde ich keinen Bissen hinunterbekommen.

Vicky bleibt auch die nächste Viertelstunde verschwunden, in der Simon und ich uns durch die Salate kosten. Das Essen macht uns ein bisschen lockerer, ich schaffe es sogar, ihm Majonäse vom Kinn zu wischen, ohne dabei in Ohnmacht zu fallen. Danach machen wir uns gemeinsam auf die Suche nach Vicky und finden sie auf der Treppe zum Keller sitzend im Gespräch mit Diego. Beide machen sehr ernste Gesichter. Als Vicky mich sieht, springt sie auf und läuft davon, Simon sprintet ihr nach. Natürlich. Meine Laune sackt sofort in ungeahnte Tiefen.

„Was hat sie?", frage ich gegen den ohrenbetäubenden Beat aus dem Disco-Keller an.

Erstaunlicherweise lächelt Diego. „Wenig Hemmungen", antwortet er.

Das finde ich auch – einfach so davonzurennen, ohne Erklärung, als hätte ich die Pest! Ich kapiere überhaupt nichts mehr.

Diego nimmt meine Hand und führt mich in den Keller. „Wir tanzen jetzt!“, verkündet er, und genau das tun wir. Endlich macht der Abend Spaß, obwohl meine Gedanken immer wieder zu Vicky und Simon abschweifen und ich mich frage, was sie gerade tun. Als der Abend in Partyphase drei – Kuschelrock – übergeht, tanzen wir immer noch. Ich klebe eng an Diego, dem begehrtesten Mann im Raum, aber ich schließe die Augen und stelle mir vor, er wäre Simon.

Das ganze Wochenende über keine Nachricht von Vicky. Ich schicke ihr auch nur eine halbherzige SMS mit der Frage: *Alles in Ordnung?*, kriege aber keine Antwort. Also ist nicht alles in Ordnung. Diego bietet auch keine Ablenkung, der ist mit seiner Mutter unterwegs.

Meine Mutter ist zu Hause, muss aber dringend ein Buch mit dem Titel *Meditative Erfahrungen – ich und mein Mantra* lesen. Offiziell, weil sie vielleicht Rezeptionistin in einem gewissen Yoga-Haus werden soll. Inoffiziell, da bin ich sicher, weil sie einen gewissen Yogi mit ihrem Wissen beeindrucken will.

Von Lennie kriege ich immerhin Crème brûlée und die Versicherung, dass es ihm noch schlechter geht als mir. Mia ist für drei Tage in Italien.

Der Montag kriecht nur langsam heran und als er endlich da ist, bringt er nur Unerfreuliches. Vicky redet kaum; auf meine Frage, ob alles in Ordnung ist, ernte ich nur Schulterzucken. „Hab ich dir etwas getan?“, will ich wissen, woraufhin sie den Kopf schüttelt und fast zu heulen anfängt.

„Du doch nicht, Nina. Du kannst nichts dafür. Ach, was für eine Scheiße das alles ist!“

Die ganze Woche über bleibt es so. In den Pausen flüchtet Vicky – vielleicht aufs Klo, vielleicht zu Simon. Ich folge ihr nicht, weil ich genau spüre, dass sie es nicht will. „Wird sich alles wieder legen“, denke ich, aber die Krönung kommt am Freitag: Vicky tauscht ihren Platz mit Lotte, die in der ersten Reihe sitzt. Und zwar, behauptet sie, weil ihre Noten dringend verbesserungsbedürftig sind. In der ersten Reihe ist die Chance auf gute Noten viel größer, weil man gar nicht anders kann, als aufpassen.

Ich glaube ihr kein Wort, diesmal bin ich ernsthaft beleidigt. Einfach Plätze tauschen, ohne mich auch nur zu fragen, ob mir das recht ist! Nichts gegen Lotte, die ist nett, aber was Vicky da tut, ist Hochverrat. Ich rede nie wieder ein Wort mit ihr.

Das nächste Wochenende steht vor der Tür. Die Freibäder haben aufgesperrt, es ist warm, was Diego und ich nutzen, um schwimmen zu gehen. Wieder bemerke ich die Blicke, die mein Spanier anzieht. Die Mädchen räkeln sich extrasexy auf ihren Handtüchern, wenn er vorübergeht.

„Fällt dir das gar nicht auf?“, will ich wissen.

„Doch. Es ist aber nur hier so, in Spanien sehen alle aus wie ich. Da sind sie wild auf blonde Jungs.“ Er boxt mich freundschaftlich in die Rippen. „So wie du.“

Ich boxe freundschaftlich zurück, woraufhin Diego mich hochhebt und ins Wasser schmeißt. Wir verbringen einen gemütlichen, sonnigen Nachmittag. Ab und zu spähe ich herum – das Schwimmbad ist immerhin auch Vickys und Simons Revier. Aber von ihnen ist nichts zu sehen.

„Übrigens“, sagt Diego gegen Abend, während wir unsere Sachen zusammenpacken, „hast du nicht bald Geburtstag?“

„In drei Wochen.“

„Sehr gut!“ Er lächelt mysteriös in sich hinein.

„Wieso? Du, mach ja keinen Quatsch. Ich hasse peinliche Überraschungen.“

„Wer nicht?“, sagt Diego und mehr ist aus ihm zu diesem Thema nicht herauszubringen.

Mit fünfzehn wird alles anders

Die Tage verrinnen schneller, kommt mir vor, seit Diego meinen Geburtstag erwähnt hat. Den letzten habe ich noch in meinem alten Zuhause gefeiert, habe acht Leute eingeladen, wir haben Torte gegessen, Musik gehört und rumgealbert, bevor wir uns einen Gruselfilm reingezogen haben und kreischend auf dem Boden rumgekugelt sind.

Diesmal werde ich schon 15. Das ist ein besonderer Geburtstag, aber ich habe keine Ahnung, wie ich ihn feiern soll. Am besten gar nicht, denn Vicky und ich sprechen nicht miteinander und in die WG will ich niemanden einladen. „Keine Geburtstagsfeier", denke ich, und das Selbstmitleid treibt mir Tränen in die Augen. Ich bin einsam, ungeliebt und vernachlässigt. Wenn ich Mama nicht daran erinnere, vergisst sie den Tag sicher.

Um mein Unglück zu steigern, kümmert sich auch Diego nicht mehr um mich. Er ist viel unterwegs, schließt sich oft in seinem Zimmer ein und telefoniert. Sieht aus, als hätte er eine Freundin gefunden. Schön für ihn. Weniger schön für mich. Immerhin hatten wir viel Spaß zusammen.

Nur Lennie treibt auf der gleichen melancholischen Welle dahin wie ich. „Ein Teufelskreis", jammert er. „Wenn ich unglücklich bin, muss ich essen, wenn ich esse, werde ich dick, wenn ich dick bin, sieht Mia mich nicht an, wenn Mia mich nicht ansieht, bin ich unglücklich."

Ich drücke Lennie ein Mini-Küsschen auf die Wange und er lächelt gerührt. „Immerhin einen Lichtblick gibt es in meinem Leben", sagt er, „eine berufliche Herausforderung. Darauf freue ich mich schon."

Natürlich will ich wissen, was es ist, aber Lennie rückt nicht mit der Sprache heraus. Das würde ich schon sehen, wenn es so weit sei.

Nur noch eine Woche, dann bin ich 15. So deprimiert war ich noch nie in meinem Leben. Ich gehe zur Schule, fahre wieder heim, mache lustlos meine Hausaufgaben und vergrabe mich dann im Bett. Mein mp3-Player ist im Dauereinsatz. Marilyn Manson ist mein ständiger düsterer Begleiter.

Der Tag der Tage ist ein Freitag und beginnt genauso öde wie die Tage davor. Die Sonne strahlt zwar vom Himmel, doch das tut sie nur, um mir mein Unglück noch deutlicher vor Augen zu führen. Mama steht in der Küche und macht Frühstück – immerhin umarmt sie mich und gratuliert mir. „Geschenke gibt es heute Abend, ich habe einen stressigen Tag", erklärt sie. Isabell huscht kurz vorbei, ruft „alles Gute" und ist wieder verschwunden. Lennie pennt, eh klar, und Diego duscht. Bei Rajan bin ich mir ziemlich sicher, dass er nichts von meinem Geburtstag weiß, das ist mir auch recht so.

Den fliegenden Badezimmerwechsel nutzt Diego, um mir einen Kuss auf die Stirn zu drücken und „feliz cumpleaños“ zu murmeln. Dann verschwindet er eilig in seinem Zimmer.

„Heute musst du nicht die Klos putzen“, ruft Isabell mir nach, als ich aufbreche. „Genieß lieber den Tag.“

Na immerhin etwas.

In der Schule finde ich auf meinem Platz einen kleinen rosa Zettel, auf dem in Vickys Handschrift „Alles Gute zum Geburtstag!“ steht. Von Vicky selbst ist nichts zu sehen, sie kommt knapp nach dem Läuten herein, sieht aber nur kurz zu mir her, bevor sie sich auf ihren Platz setzt und der Lehrer die Klasse betritt. In den darauffolgenden Pausen ist sie ebenfalls immer schnell verschwunden, dabei würde ich so gerne den Zettel zum Anlass nehmen, endlich alles mit ihr zu klären. Aber es ist ganz klar, sie will nicht. Dann kann sie mir den Buckel runterrutschen.

Als ich nach Schulschluss zur Straßenbahnhaltestelle gehen will, steht dort Diego und lächelt strahlend. „Komm, Querida, wir machen uns einen schönen Nachmittag.“

Ich kann mein Misstrauen nicht ganz unterdrücken. „Auf einmal? Die letzten Wochen warst du dauernd beschäftigt und so unterhaltsam wie eine Auster.“

Diegos Augen funkeln, er wuschelt mir durchs Haar. „Das hat doch alles seine Gründe! Nicht eingeschnappt sein, Nina. Los, ich lade dich auf ein Hot Dog ein.“

Wir essen Hot Dog, wir trinken Cola, wir essen Eis. Wir machen einen Spaziergang durch den Park. Wir füttern Enten mit Hot-Dog-Resten. Zwischendurch ruft Papa an und wünscht mir alles Gute zum Geburtstag.

Um fünf Uhr Nachmittag habe ich genug von Enten und will nach Hause. „O. k.“, sagt Diego. „Aber erst kaufe ich dir an dem Blumenstand dort drüben eine Geburtstagsrose.“ Er will sein Portemonnaie aus der Hosentasche holen, doch dort ist es nicht. Es ist nirgends. Diego ist verzweifelt, sein Fahrausweis, sein Pass, sein ganzes Geld – futsch.

„Wir müssen systematisch suchen“, ordne ich an. „Wann hattest du es zum letzten Mal in der Hand?“ Das war, ist Diego sicher, am Eisstand. Wahrscheinlich ist es aus der Hosentasche gerutscht, als er sich beim Entenfüttern gebückt hat.

Wir grasen das Gebiet um den Ententeich ab. Einmal rundherum, noch einmal. Es ist schon fast sechs, als Diego plötzlich auf eine Parkbank zusteuert und triumphierend seine Geldbörse in der Hand hält. Na Gott sei Dank.

Ich bin ziemlich müde, als wir endlich in der Straßenbahn sitzen und ziemlich dankbar, dass dieser Geburtstag bald vorbei sein wird. Nur noch ein paar Geschenke aufmachen, Freude heucheln und dann ab ins Bett.

Doch schon als Diego den Schlüssel ins Schloss der Wohnungstür steckt, bemerke ich Verdächtiges. Wohlige Gerüche dringen vor bis ins Stiegenhaus. Aus der

Wohnung hört man vielstimmiges Plaudern, Gelächter, Gläserklirren. Die Tür schwingt auf und ein vielstimmiges „Happy Birthday!" schallt mir entgegen. Mama fällt mir um den Hals und drückt mich, dahinter steht Papa und löst sie ab. Außerdem sind noch mindestens 20 andere Leute da, die ich zum Teil gar nicht kenne, die mir aber unbedingt die Hände schütteln wollen. Ein Stück abseits entdecke ich den Blondfisch und will Papa schon rügen, aber Mama winkt ab. „Das ist okay, Nina."

Sie führen mich in die Küche, wo ein Buffet aufgebaut ist, das es der Größe nach locker mit Toms Party-Buffet aufnehmen kann, das von der Qualität her aber deutlich Lennies Handschrift trägt. Darüber hängt ein Transparent auf dem „Ninas ‚Alles-wird-gut'-Party zum 15. Geburtstag" steht. Sehr künstlerisch gepinselt, das war sicher Isabell, die nun ebenfalls herbeiflattert und mich an ihren Busen presst. „Glückwunsch, liebe Nina. Das Transparent ist von mir – der Text von Diego. Ich verstehe nicht richtig, was es heißen soll, aber du weißt es bestimmt."

Da bin ich mir nicht so sicher. Unter den vielen Gästen habe ich Vicky nicht entdeckt – wenn alles gut werden soll, ist sie dringend erforderlich. Dafür ist Lennie da. Er hat eine schicke, dunkelrote Schürze um den Bauch gebunden und deutet auf die Köstlichkeiten, unter denen der Buffettisch sich biegt. „Alles für dich", ruft er.

Nun bekomme ich von allen Seiten Päckchen in die Hand gedrückt. Mama schenkt mir einen Tauchkurs, von

Papa kriege ich einen beachtlich hohen H&M-Gutschein, vom Blondfisch ein kleines Fläschchen Parfum. Ich hoffe inbrünstig, dass es nicht ihre eigene Marke ist. Diego schenkt mir ein weiteres Paar silberner Ohrringe, weil ihm die so gut an mir gefallen.

Rajan hat mir eine CD mit Meditationsmusik gebrannt, weil „die Pubertät eine Phase ist, in der Entspannung sehr zu einer ausgeglichenen Persönlichkeitsentwicklung beiträgt". Aha.

Von Lennie kriege ich auch einen Gutschein, für ein Candlelight-Dinner zu zweit im „Gallo blu". Das empört mich ein wenig, immerhin kennt er meine Situation als unglücklich verliebter Single. Möglicherweise hat sein Gehirn kurzfristig ausgesetzt, weil Mia in der Nähe ist. Eben erspähe ich sie, wie sie sich mit einem Tablett voller Häppchen in die Gästeschar stürzt. Lennie strahlt.

„Und wer sind die anderen?", frage ich ihn. „Der Große dort mit dem Spitzbart? Und die Frau mit dem bodenlangen Schal?"

„Künstler", erklärt Lennie. „Freunde von Isabell, die hoffentlich in Zukunft meine Buffets für ihre Vernissagen buchen werden." Erst jetzt entdecke ich die kleinen Visitkarten, die am Tisch und auch auf Mias Tablett liegen: *Partyservice Gallo blu. Familienfeiern, Firmenfeiern, Vernissagen. Leiter: Lennart Brenninger*

„Du bist Leiter des Partyservices?" Lennie nickt. „War Mias Idee. Aber soviel ich weiß, hat Diego ihr diesen Floh ins Ohr gesetzt. Der Chef war einverstanden, vorausgesetzt es lohnt sich und er kann Geld damit scheffeln. Deine Party heute ist unser Versuchsballon."

Ich bin beeindruckt, vor allem von Diegos Ideenreichtum. Alles wird gut, hm. Ob er dabei auch an mich …

Es klingelt an der Tür. Mit einem Satz ist Diego dort und öffnet. Draußen steht Vicky und macht riesengroßkugelrunde Augen. Diego nimmt sie am Arm und führt sie herein. „Aber … du hast gesagt … Aussprache in aller Ruhe", stammelt sie und blickt fassungslos auf die Leute, das Transparent, das Buffet.

„Ihr kriegt eine Aussprache in aller Ruhe", beschwichtigt Diego sie. „Lennie, dürfen wir kurz dein Zimmer leihen?"

„Klar. Wollt ihr Zimmerservice?"

Diego grinst. „Nicht nötig, aber sieh zu, dass für die beiden etwas übrig bleibt." Er schubst uns in das blaue Zimmer und schließt von außen die Tür. „Ihr kommt nicht heraus, ehe nicht alles geklärt ist", ordnet er an.

Der Partylärm dringt nur noch gedämpft zu uns. Vicky schaut die Wände an, Lennies Bett, sein Sofa. Alles, nur nicht mich. „Ich weiß nicht, wie ich es dir sagen soll", murmelt sie. Weil es sich im Sitzen leichter redet, ziehe ich sie zum Sofa. „Es ist so", beginnt sie. „Simon und ich haben uns getrennt."

Mein Herz hüpft im Kreis. Ich kann nicht glauben, was ich gerade gehört habe. „Tut mir leid", sage ich.

Hoffentlich glaubt sie mir – dass es ihr schlecht geht, tut mir ja wirklich leid.

„Ich hätte es dir längst erzählt, wenn der Grund nicht so furchtbar wäre.“ In Vickys Augen sammeln sich Tränen. „Du musst mir versprechen, dass du nicht böse bist. Ich wollte es nicht, es ist einfach passiert.“

„Was denn?“ Mein Hirn spult jede Menge verrückter Möglichkeiten ab, keine davon macht Sinn.

„Dass ich mich in Diego verliebt habe. Nein, lass mich ausreden. Ich hab ihn gesehen und dachte, Wahnsinn, ist der umwerfend. Dann hat er ein paar Worte gesagt und es war alles zu spät.“ Sie schnieft. „Allein, wie er mit dir umgeht. Wie er *Querida* zu dir sagt. Ich kann nichts dagegen tun und ich habe so ein schlechtes Gewissen … du hattest recht, ihn mir nicht vorstellen zu wollen. Du hast sogar gemeint, er könnte sich in mich verlieben und jetzt ist es umgekehrt passiert. Ich bin eine furchtbare beste Freundin.“

Ich kann nicht anders, ich muss Vicky umarmen. Zuerst macht sie sich stocksteif, dann umarmt sie mich zurück und heult. Ich lasse sie, tätschle ihr den Rücken und kann nichts anderes denken, als *Simon ist frei. Frei für mich.*

Nachdem Vicky sich wieder beruhigt und Lennies Papiertaschentücher stark dezimiert hat, wage ich es, eine Frage zu stellen. „Worüber hast du mit Diego gesprochen, auf Toms Party?“

Neue Tränen. „Ich habe ihm alles gesagt und auch, dass ich dich und ihn bestimmt nicht auseinanderbringen möchte. Du kannst dich total auf ihn verlassen, Nina – er hat gesagt, dass niemand dich und ihn auseinanderbringen kann. Er war aber sehr lieb zu mir, hat nicht gelacht oder so.“

Sieh mal an. Das hätte ich mich an Vicky Stelle nie getraut. Ich habe es mich nicht getraut, um genau zu sein. Mir ist federleicht zumute. Ich kann Vicky alle ihre Sorgen nehmen. „Diego hat recht, niemand kann uns auseinanderbringen – weil wir nämlich gar nicht zusammen sind.“

Aus knallroten Augen starrt Vicky mich an, total verständnislos. „Aber … du hast doch gesagt, du hast jemanden kennen gelernt. Und … ihr geht immer Arm in Arm und …“

„Am Anfang war es geschwindelt“, gebe ich zu. „Ich wollte, dass du aufhörst, Amor für mich zu spielen. Dann zog Diego ein, praktischerweise. Du hast doch gar nicht mehr aufgehört, mich zu nerven mit deiner Neugier.“ Vicky sieht unsagbar erleichtert aus. „Das ist zu schön, um wahr zu sein. Ich muss gleich mit ihm reden.“

Sie ist schon aufgesprungen und auf dem Weg zur Tür, da fällt mir etwas Wichtiges ein. „Wie geht es Simon? Ist es schlimm für ihn?“

„Überhaupt nicht.“ Vicky hat es sichtlich eilig. „Simon hat gemeint, es ist alles auch seine Schuld, weil er seit einiger Zeit mit dem Kopf gar nicht mehr richtig bei der Sache war. Er wollte mich aber nicht verletzen, du weißt schon – er ist ja so ein Schnuckel." Vicky drückt die Türschnalle hinunter. „Er hat mir gestanden, er ist auch frisch verliebt, wollte mir aber nicht sagen in wen. Das Mädchen hat einen Freund, sagt er, und er will nicht dazwischenfunken."

Peng. Das ist nicht die Tür, die Vicky hinter sich zuschlägt, sondern mein Herz, das explodiert. Er ist frisch verliebt. So schnell geht das und ich blöde Kuh wollte schon Freudensprünge machen …

Nein, geheult wird später. Wie sieht das aus, wenn gleich jemand reinkommt und ich löse mich in Tränen auf? Außerdem: Simons Neue ist bestimmt nicht meine beste Freundin. Ich werde also keine Gnade kennen, sondern kämpfen. In der Liebe und im Krieg ist alles erlaubt.

Als Erstes kämpfe ich mich vom Sofa hoch, dann kämpfe ich mich zur Tür. Alles sehr anstrengend. Draußen ist die Party in vollem Gange, Vicky läuft suchenden Blickes herum, aber von Diego ist keine Spur.

„Pssst!" Ein Wispern durch die spaltbreit geöffnete Badezimmertür. Diego winkt mich zu sich.

„Hallo, du Intrigenspinner!", werfe ich ihm an den Kopf. „Alles wird gut, hä? Von wegen. Du hast nicht richtig recherchiert, sonst wüsstest du, dass Simon schon wieder verliebt ist und auf mich die nächste Runde Anschmachten-aus-der-Ferne wartet, bin ich ja schon ge-"

Mir bleibt das letzte Wort im Hals stecken und ich hoffe inbrünstig, dass es mir die Luft abdrückt, und ich sterben darf, jetzt gleich. Denn hinter Diego steht Simon, mit ziemlich knallroter Birne.

„Bestens, da habt ihr gleich etwas zu besprechen“, sagt Diego und flitzt zu den anderen in die Küche.

Simon macht ganz den Eindruck, als würde er am liebsten davonlaufen. Geht mir genauso. Aber jetzt ist sowieso alles zu spät. Ich gehe also ins Badezimmer und mache die Tür hinter mir zu.

Noch während ich tief Luft hole, um meine Erklärung zu beginnen, sagt Simon „Alles Gute zum Geburtstag“ und drückt mir ein kleines Paket in die Hand. Darin ist ein Kettchen, an dem ein silberner Golfschläger hängt. „Weil du so gern Minigolf spielst“, murmelt Simon. „Und außerdem weil … ich dich an diesem Tag zum ersten Mal richtig gesehen habe. Du bist sehr cool geblieben in all den peinlichen Situationen, die Vicky dir beschert hat … du hast so viel Klasse, und du bist so hübsch …“

Weiter kommt er nicht, weil ich nicht mehr anders kann, ich schlinge ihm meine Arme um den Hals und presse meine Lippen auf seine, die weich sind und warm und wie der Himmel. Die Welt versinkt. Nur noch Simons Mund auf meinem Mund, seine Hände auf meinem Rücken und in meinem Haar existieren wirklich. Eine Ewigkeit vergeht, eine paradiesische kleine Ewigkeit. Sie wird beendet von einem leisen Klirren. Der

Golfschläger ist mir aus der Hand gerutscht und auf die Fliesen gefallen. Simon hebt ihn auf, fädelt ihn wieder auf die Kette, die er mir um den Hals hängt.

„Ich wollte dir unbedingt etwas schenken und dachte, ein Golfschläger ist unverfänglich", sagt er. „Den könnte dir auch ein guter Freund schenken, denn ich war mir sicher, dass du und Diego – dass ihr zusammen seid. Vicky sagte das auch und sie war richtig fertig. Sie hat sich in Diego verliebt, weißt du?"

„Ja. Weiß ich." Wir sehen uns in die Augen, tief, ganz tief. Diesmal küsst er mich, sehr langsam und sanft. „Es darf nie aufhören", denke ich, und dann denke ich nichts mehr.

Ich habe keine Ahnung, wie spät es ist, als wir beide beschließen, das Badezimmer wieder zu räumen. Wir tun es nur, weil wir Hunger haben. Die Gästeschar hat sich schon sehr stark gelichtet und das Buffet ist so gut wie kahl. Lennie hat uns aber ein ganzes Tablett mit seinen Spezialitäten aufgehoben. „Wann kommt ihr den Gutschein einlösen?", will er wissen. Ich ziehe ihn spielerisch am Bart. Hat Diego wirklich alle eingeweiht, nur mich nicht?

Er und Vicky sitzen am Küchentisch und reden. Vicky sieht nicht mehr ganz so fröhlich aus wie vorher, aber sie hält sich tapfer. Diego hat ihr nicht nur erklärt, wie es mit mir und Simon steht, sondern ihr auch gesagt, dass er noch nicht über Lucia hinweg ist. Er will noch keine neue Freundin.

„Aber wir werden am Sonntag auf die Donauinsel fahren und ich zeige ihm, wie man Wasserschi fährt“, flüstert Vicky mir ins Ohr.

Ich gebe Diego zwei Wochen, dann wird sein Widerstand gebrochen sein. Einer geballten Ladung Vicky kann er nicht ewig widerstehen.

Simon hält meine Hand in seiner und streichelt mit dem Daumen über meine Finger. Ich füttere ihn mit Tomaten-Mozzarella-Häppchen. Er steckt mir schokoüberzogene Erdbeeren in den Mund. Wir müssen ein schrecklich kitschiger Anblick sein. Und ansteckend, denn als ich mich kurz von Simon trenne, um aufs Klo zu gehen, entdecke ich Mama und den Yogi, die vor seinem Zimmer stehen und sich küssen. Mama ist sichtlich geschockt von meinem plötzlichen Auftauchen, sie schubst Rajan geradezu von sich und richtet ihre Bluse.

„Schon gut, Mama, ich weiß es schon länger. Ich bin nämlich nicht blind und mein Geruchssinn ist ausgezeichnet.“ Mama sieht erleichtert drein. Fein. Alle sollen glücklich sein, obwohl ich ganz sicher am glücklichsten bin. Am Klo liegt ein Stift und ich male lauter Herzchen auf die Zettel mit Rajans Merksprüchen.

Wieder zurück in der Küche, sehe ich einen großen Topf am Tisch stehen. Zum Abschluss des Abends serviert Lennie Bowle – alkoholfrei, mit lauter exotischen Früchten. Wir bedienen uns, er und Mia fangen mit den Aufräumarbeiten an; sie unterhalten sich leise und lachen. Wer weiß, vielleicht wird es zwischen den beiden auch noch etwas.

Simon löffelt ein Stück Papaya aus der Bowle und steckt es mir in den Mund. Ich kann ihn keine Sekunde aus den Augen lassen und ich traue mich gar nicht schlafen zu gehen – wer weiß, morgen wache ich auf und alles ist gar nicht wahr.

„Bist du sicher, dass du echt bist?", frage ich ihn flüsternd.

„Ganz sicher. Ich kann es auch beweisen. Pass auf!"

Er legt seine Arme um mich und alles andere wird unwichtig.

Am nächsten Morgen wache ich von Getöse in der Küche auf. Draußen sind die Aufräumarbeiten in vollem Gang, ich höre Geschirr klappern und Mama fluchen. Etwas piepst. Mein Handy.

Guten Morgen, Nina. Ich hab Sehnsucht nach dir. Ich hab dich lieb. Und ich hab schon wieder Hunger. Kann ich zum Frühstück kommen? Dein Simon

Und ob! Ich tippe eine schnelle Antwort und laufe aufs Klo und dann ins Badezimmer. Das ich nie wieder werde betreten können, ohne an meinen 15. Geburtstag zu denken.

Ich brauche lang, aber ich will schließlich schön sein. Von draußen klopft Diego gegen die Tür. „He, Querida. Mach schnell."

„Tu ich doch."

Kurze Pause. „Wie fühlst du dich mit 15?"

„Fantastisch."

Wieder eine kurze Pause. „Das ist gut, ich habe nämlich gestern etwas in meinem Zimmer gefunden. Könnte sein, dass es dir gehört. Diego räuspert sich. „Zehn Gründe, warum ich lieber Vicky wäre: Ich wäre 12 Zentimeter größer, ich hätte Haare wie Seide und außerdem Beine wie ein Model. Ich müsste nicht in einer WG wohnen und daher …"

Mit einem Ruck reiße ich die Badezimmertür auf und stürze mich auf Diego, der lachend das Blatt über seinem Kopf schwenkt und vor mir davonläuft. „Gib das her", johle ich, „aber schnell, du wahnsinniger Spanier!"

Es klingelt, ich lasse Diego Diego sein und drücke den Türöffner.

„Keine Lust mehr auf Fangen spielen?" Diego lugt hinter einer Ecke hervor und wedelt mit dem Zettel.

„Nein. Das ist sowieso nicht mehr aktuell. Lies Punkt sechs bis zehn."

Diego grinst unverschämt. „Da steht: Ich könnte Simon küssen."

„Richtig", sage ich. „Und genau das werde ich jetzt tun."

Edith Thabet

Fun & Sun & Mondscheinküsse

Inhalt

Drei Stolpersteine und ein Glücksfall

„Wow! Suuuper!“, schrie meine Freundin Lucy, als ich ihr verkündete, dass sie heuer mit uns in den Urlaub mitkommen durfte. Und das Beste daran: Wir fuhren nicht wieder in so ein Pensionistenkaff wie letztes Jahr, wo das Durchschnittsalter der Feriengäste bei siebzig oder so lag. Auch nicht zu meiner Oma in den Garten wie die Jahre davor. Nein, es ging mit dem Flieger nach Süden, nach Tunesien! In eines dieser riesigen Hotels, die wie Märchenpaläste aussehen! Mit Pool-Landschaften inmitten von paradiesischen Gärten voller Palmen, Kakteen und grellfarbiger Blüten! Eine Woche lang! Es hatte mich aber auch ein Jahr intensiver Gehirnwäsche gekostet, bis ich Mama und Papa weichgeklopft hatte. Aber jetzt war es endlich so weit!

Urlaub am Meer ... das hieß Chillen am Strand, Schwimmen, Bananenboot fahren, Paddeln, Herumalbern ohne Ende, Shopping auf orientalisch, abends dann Abshaken in der Disko ... und wer weiß, was sonst noch alles. Jedenfalls für uns. Für Sven, meinen verfressenen kleinen Bruder, war wohl hauptsächlich die Plünderung des Buffets angesagt.

Aber dann passierte es: Das totale Chaos brach aus! Zockl weigerte sich, uns zum Flughafen zu bringen. Zockl ist unser alter Golf. Er sprang einfach nicht an! Zeit, die Ursache zu erforschen, blieb uns nicht mehr. In zwei Stunden sollte der Flieger starten, also musste ein Taxi her.

Beim Check-in dann das zweite Problem. Die Dame dort teilte uns freundlich, aber bestimmt mit, dass das Flugzeug bereits voll besetzt wäre, und wir leider, leider, leider nicht die geringste Chance mehr hätten, einen Sitzplatz zu bekommen.

„Aber wieso? Wir haben doch schon im Dezember gebucht!“, stammelte Papa fassungslos. Mama nestelte nervös in ihrer Handtasche auf der Suche nach ihren Beruhigungstropfen.

„Blödmänner! Alles Blödmänner!“, zischelte Sven zwischen den Zähnen. Lucy und ich waren drauf und dran, in einen Weinkrampf auszubrechen. Schließlich hatten wir unsere Koffer mit den tollsten Sachen vollgestopft, die wir auf unseren ausgedehnten Shoppingtouren der vergangenen Wochen auftreiben hatten können. Und jetzt sollte all die Mühe vergeblich gewesen sein?

Die Dame am Schalter zeigte so etwas wie Mitleid mit uns. Sie tippte eifrig in den Computer und telefonierte mit ihrem Handy eine Zeit lang herum. Dann erschien die Chefin und sie tippten und telefonierten beide. Schließlich gab es Entwarnung: „Sie haben ihre Plätze!“, sagte die Dame. Sie faselte noch was von „bedauerlicher Computerfehler“, entschuldigte sich und verschwand.

„Blödmänner!“, schimpfte ihr Sven hinterher.

Der Abflug war für 16.30 h vorgesehen. Um 17 h wurde er auf 19 h verschoben. Weitere drei Stunden und eine Pizza, eine Gulaschsuppe und ein Baguette später – alles für Sven – ging es endlich los. Lucy und mir war das prickelnde Urlaubsabenteuer-Vorfreude-Feeling längst vergangen.

Mama war durch ihre Beruhigungstropfen so beruhigt, dass ihr immer wieder die Augen zufielen. Sven war alles egal. Wie immer, wenn er satt war. Nur Papa war wieder frisch und munter. Kaum saßen wir auf unseren Plätzen, trällerte er: „Über den Wolken ... muss die Freiheit wohl grenzenlos sein ...“ – so laut, dass es im halben Flugzeug zu hören war. Urpeinlich! Dass er sich immer so aufführen musste, wenn er gut aufgelegt war!

Plötzlich stieß mich Lucy mit dem Ellbogen an und deutete mit dem Kinn nach vorne. Zwei Typen waren gerade eingestiegen, so um die fünfzehn Jahre alt. Der eine trug eine Sonnenbrille und hatte etwas längere braune, leicht gewellte Haare, die unter einem roten Dreiecktuch – nach Piratenart gebunden – heraussahen. Der andere hatte einen blonden Wuschelkopf. Beide sahen unverschämt gut aus.

„Hot!“, stellte Lucy fest.

„Hot!“, bestätigte ich, während sich die beiden lässigen Typen drei Reihen vor uns niedersetzten.

„Wenn euch heiß ist, macht einfach das Fenster auf“, witzelte Papa.

Lucy und ich prusteten los.

Prompt drehten sich die zwei Typen kurz nach uns um. Wahrscheinlich dachten sie, wir wären nicht ganz dicht. Der Dunkelhaarige schob seine Sonnenbrille hoch und musterte mich. Ja, *mich*! Du meine Güte, was für samtige, honigfarbene Augen er hatte! Dunkles Waldhonigbraun. Der Blonde schenkte uns ein strahlendes Lächeln. Na ja, es konnte genauso gut ein breites Grinsen gewesen sein. Wir stellten das Lachen ein und malten uns aus – natürlich im Flüsterton –, wie toll es wäre, wenn die beiden unseren Urlaub flirtmäßig bereichern würden.

„Der Pirat schaut gnadenlos gut aus. Zum Abknutschen!“, stellte ich fest.

„Der Blonde ist aber auch echt süß. Der hat so ein fröhliches Lausbubengesicht“, meinte Lucy.

„Mhm. Der ist bestimmt bei jedem Spaß dabei“, bestätigte ich.

„Mit dem würde ich gerne abtauchen“, seufzte Lucy.

„Wohin?“

„Zum Meeresgrund natürlich. Da könnten wir zwischen den Korallen mit den Delfinen schwimmen!“

„Ich würde lieber mit dem Piraten zu einer einsamen Insel segeln. Er würde mir Kokosnüsse von den Palmen holen und sie mit der bloßen Hand, mit einem einzigen Karateschlag, spalten!"

„Es gibt keine Kokospalmen in Tunesien. Nur Dattelpalmen", erinnerte mich Lucy.

„Egal. Jedenfalls würden wir dort leben wie Robinson Crusoe und Freitag!"

„Ohne mich?", fragte Lucy.

„Du treibst dich doch bei den Fischen herum. Aber wenn es dir ... und dem Blondschopf dort langweilig wird, dürft ihr natürlich nachkommen!"

Wir fantasierten noch eine Weile weiter. Der Flieger schwebte inzwischen hoch über den Wolken. Eine Flugbegleiterin teilte Tabletts mit Essen aus. Sven zappelte nervös im Gang, eingeklemmt zwischen dem Servierwagen und einem Passagier. Ich dachte, er hätte Angst, beim Essen leer auszugehen, wenn er nicht bald seinen Platz erreichte. Aber als er endlich weitergehen konnte, stürzte er auf Lucy und mich zu.

„Ich weiß, wie der Blonde heißt", sagte er aufgeregt. Offenbar hatte er mitbekommen, worüber Lucy und ich uns unterhalten hatten.

„Wie denn?", erkundigte sich Lucy.

„Was krieg ich dafür, wenn ich euch den Namen verrate?"

„Kannst meine Mehlspeise haben", sagte Lucy.

„Und meine dazu, wenn du auch auskundschaftest, wie der andere Typ heißt", ergänzte ich.

Wenig später mampfte Sven unsere beiden Kuchenstücke und sein eigenes dazu. Ich war sehr stolz darauf, einen detektivisch begabten Bruder zu haben.

Die restliche Zeit des Fluges verbrachten Lucy und ich damit, uns die Daumen zu halten, dass Sandro (der Wuschelkopf) und Yannick (der Pirat) im selben Hotel wohnen würden wie wir.

Strandläufer

Dieser Wunsch ging leider nicht in Erfüllung. Der Bustransfer vom Flughafen zum Hotel dauerte keine dreißig Minuten und wir waren die Ersten, die ausstiegen. Alle anderen blieben im Bus. Über diese Enttäuschung konnte uns nicht einmal hinwegtrösten, dass Lucy und ich ein eigenes gemeinsames Zimmer bekamen. Sven musste bei meinen Eltern schlafen.

Am nächsten Morgen stapften Lucy und ich missmutig mit den anderen zum Strand. Natürlich waren alle Liegen längst belegt. Während Papa Ausschau hielt, ob nicht doch irgendwo eine frei wäre, setzten wir uns ins Strandcafé. Mama blätterte in der Zeitschrift, die sie im Hotelshop gekauft hatte, und schlug die Seite mit dem Horoskop auf. Das tat sie immer als Erstes: „He Michelle, willst du wissen, was bei dir steht?“, fragte sie.

„Nein“, antwortete ich. Ich halte nämlich nichts von Horoskopen. Mama schon.

„Lassen Sie sich von Rückschlägen nicht entmutigen. Machen Sie sich auf die Suche nach dem Glück!“, las Mama unbeirrt vor. Seltsam – das war ja zur Abwechslung ein echt brauchbarer Tipp!

„Superidee!“, sagte ich zu Lucy und zog sie vom Tisch weg. „Komm, wir gehen!“

„Wohin?“

„Den Strand entlang, unser Glück suchen.“

„Wir können doch nicht alle Hotelstrände von Monastir bis Hammamet abklappern!“, protestierte Lucy.

„Alle nicht. Aber wenigstens die in der Nachbarschaft!“

Papa hatte inzwischen drei freie Liegen aufgetrieben. Bevor Mama uns zum x-ten Mal vor den Folgen eines Sonnenbrands warnen konnte, cremten wir uns rasch Gesicht und Schultern ein und waren dahin.

„Lauft nicht zu weit fort!“, rief uns Papa nach.

Beim dritten Hotelstrand fiel mir ein, dass Sandro und Yannick genauso gut am Pool mit den Animateuren Aerobic treiben oder Wasserball spielen konnten. Da hatten wir keinen Zutritt.

„Sag ich doch! Ist doch sinnlos, diese Sucherei! Gehen wir lieber schwimmen!“, drängte Lucy.

„Nein, wir machen weiter!“, kommandierte ich. Irgendwie schien es mir logischer, dass wir die beiden – wenn überhaupt – am Meer antreffen würden.

Plötzlich hörten wir Sven, der uns keuchend nachrannte. „Michelle! Lucy! Wartet auf mich!“, rief er. Dabei fuchtelte er mit der rechten Hand herum, in der er eine Muschel hielt. „Ich hab was für euch“, sagte er, als er uns eingeholt hatte.

„Wir suchen keine Muscheln“, erklärte Lucy.

„Eh klar. Aber ich hab eine wichtige Information: Papa hat mich zu eurem Bodyguard ernannt!“

„Na super! Dein Bruder bespitzelt uns!“, stellte Lucy fest.

Ich war stinksauer. Auf Papa, weil er auf so eine Idee gekommen war. Auf Sven, weil er sich dafür benutzen ließ. Und er war auch noch sichtlich stolz darauf! So ein falscher Fünfziger! Am liebsten wäre ich zu einer Krabbe geschrumpft und hätte mich in den Sand eingegraben, so sehr schämte ich mich für meinen Bruder.

„Wer redet von bespitzeln? Ich soll nur aufpassen, dass euch keiner blöd anquatscht!“, erklärte Sven.

„Danke, aber wir können selbst auf uns aufpassen“, erwiderte ich.

„Oder *wollt* ihr vielleicht angequatscht werden, zum Beispiel von den zwei Typen aus dem Flugzeug?“, fragte er listig.

„Wenn wir wüssten, wo wir sie finden: ja!“, gab ich offen zu.

Sven setzte ein triumphierendes Lächeln auf. „Kommt, Mädels, folgt mir!“, sagte er.

Er führte uns zurück – zu dem Strand, der neben dem unsrigen lag.

Sandro trug knallbunte Shorts mit Hawaiimuster und schlug im nassen Sand übermütig ein Rad nach dem anderen. Er merkte gar nicht, dass sich bereits einige Neugierige um ihn geschart hatten. Aber wo war Yannick? Ich musterte mehr oder weniger unauffällig die Reihen der Feriengäste. Dann entdeckte ich ihn. Er lag in der zweiten Reihe auf einer Liege, verkehrt herum: Beine am hochgestellten Rückenteil, Kopf am Fußende. Ich erkannte ihn an der Sonnenbrille und dem roten Piratenkopftuch. Er hatte eine enganliegende schwarze Badehose an. Um den Hals trug er ein Lederband, an dem ein Haifischzahn baumelte. Der pure Wahnsinn, die zwei!

Sven grinste: „Na, zufrieden?“

„Danke, du bist der beste Bruder auf der ganzen Welt!“, versicherte ich ihm und umarmte ihn ganz fest. Er ließ uns stehen und lief zu unseren Eltern. Vermutlich, um ihnen zu berichten, dass er uns aufgegriffen und zurückgebracht hatte. Kluges Kerlchen, könnte fast schon sein Diplom als Doppelagent machen!

Sandro hörte mit dem Radschlagen auf. Lucy und ich klatschten wie wild, die anderen Zuschauer applaudierten etwas verhaltener. Sandro bedankte sich bei allen mit einer übertrieben ausladenden Verbeugung wie ein Clown im Zirkus, ohne uns besonders zu beachten. Dann watschelte er im Handstand ins Wasser und warf sich in die Wellen.

Ich schaute hinüber zu Yannick. Er saß jetzt voll lässig „normal“ auf der Liege und nippte an einem Cola. Ich lächelte ihm zu. Keine Reaktion. Hatte er mich nicht erkannt oder tat er nur so? Ein Animateur mit Robin-Hood-Hut, bespickt mit Hühnerfedern, wanderte durch die Reihen. „Bogenschießen! Tir à l'arc! Archery!“, rief er. Yannick stand auf und folgte ihm. Sandro kam aus dem Wasser und lief hinterher.

„Die beiden krallen wir uns!“, sagte Lucy.

Ich nickte. Zwei so coole Typen waren wie geschaffen für einen zünftigen Urlaubsflirt! Aber wie flirtet man mit jemandem, der einen wie Luft behandelt???

Wir beschlossen, uns erst einmal beim Schwimmen im Meer abzukühlen und dabei einen Schlachtplan zu entwerfen.

„Wir fragen sie einfach, ob sie mit uns Tretboot fahren möchten“, schlug Lucy vor.

„Und was ist, wenn sie nein sagen?“

„Tja, dann ist die Sache wohl gelaufen“, meinte Lucy, „zwingen können wir sie ja nicht.“

„Vielleicht doch!“, überlegte ich. „Wir müssen sie nur dazu bringen, uns so interessant zu finden, dass *sie* die Initiative ergreifen ...“

„... und *uns* zum Tretbootfahren einladen?“, ergänzte Lucy.

„Warum nicht? Das wäre schon mal ein Anfang!“

„Und weiter?“

„Hm. Null Ahnung. Wir werden ja sehen, wie es läuft!“

„In die Hoteldisko lassen sie uns bestimmt nicht rein, wenn wir nicht dort wohnen. Aber vielleicht können wir uns in die Open-Air-Disko an der Strandbar dazuschmuggeln“, meinte Lucy.

„Anschließend ein Strandspaziergang, das wär ursuper“, fand ich.

„Und am Schluss folgt ein Kuss ...“, dichtete Lucy träumend vor sich hin. Diesem Gedanken konnte ich einiges abgewinnen ...

Wir waren uns auch gleich einig, wer wen küssen wollte. Lucy hatte Sandro im Visier, ich Yannick.

Plötzlich verfielen wir auf die Idee zu wetten, wer als Erste einen Kuss von ihrem Favoriten bekommen würde. Bedingung: Dieser Kuss musste um Mitternacht an unserem Hotelstrand stattfinden.

„Und was schaut für die Siegerin dabei heraus?“, fragte Lucy.

„Na, der Kuss natürlich!“

„Das ist nicht genug“, fand sie. „Die Verliererin muss schon auch was beisteuern!“

So was von unbescheiden, meine liebe Freundin! *Mir* wäre Yannicks Kuss Belohnung genug. Schließlich küsse ich ja nicht alle Tage jemanden. Um ehrlich zu sein: So einen richtigen Kuss – ich meine: einen *ganz* richtigen, nicht bloß auf die Wange oder so – hatte ich überhaupt noch nicht erlebt. Mit Yannick wär das eine supertolle Premiere. So cool, wie er aussah, war er genau der richtige Typ dafür. Ich war ganz sicher, dass ich seinen Kuss nie, nie vergessen würde ...

„Ich weiß was“, platzte Lucy in meine träumerischen Gedanken. „Die Verliererin muss die Siegerin nach dem Urlaub auf eine Pizza einladen. Selbst gemacht natürlich, keine gekaufte aus dem Supermarkt.“

„Okay“, stimmte ich zu. Die Idee gefiel mir. So hatten wir beide was davon. Es ging uns ja nicht so sehr ums Gewinnen. Wir wollten unseren Urlaub einfach nur mit ein bisschen Spaß und Spannung aufpeppen.

„Abgemacht?“, fragte Lucy.

„Abgemacht!“, antwortete ich. Wir schlugen unsere Hände zusammen, dass es laut klatschte. Das war sozusagen der Startschuss zu unserem Flirtabenteuer.

Wir aßen hastig einige Happen zu Mittag und starteten gleich voll durch. Der Strand war fast menschenleer und das war gut so. Wir wollten nämlich mit einer tollen Sandburg bei Sandro und Yannick Eindruck schinden und die sollte natürlich fertig sein, wenn die beiden an den Strand zurückkamen. Weil man zu zweit in kürzerer Zeit eine spektakuläre Burg bauen kann, war erst mal Teamwork angesagt. Die Mittagssonne, die Aufregung und der Zeitdruck machten uns zu schaffen. Aber der feuchte, klebrige Sand ließ sich gut formen. Der Rohbau, bestehend aus den Burgmauern und vier Ecktürmen, war bald fertig. Nur die Feinheiten, die hatten es in sich! Wir waren uns einig, dass sich unsere Burg deutlich von den üblichen Sandburgen unterscheiden sollte. Wie das Modell einer echten Burg sollte sie aussehen. Daher mussten wir die Mauern unbedingt mit Zinnen ausstatten. Es war gar nicht so einfach, das Sand-Wasser-Gemisch so hinzukriegen, dass die Zinnen halbwegs rechteckig aussahen.

„Beeil dich!“, drängte Lucy. „Du verplemperst viel zu viel Zeit mit solchen Details! Schau her, so geht das viel schneller!“ Sie zeigte mir, wie sie kleine Rollen formte und sie dann flach drückte und oben auf die Mauer presste.

„Das sind doch keine Zinnen!“, stellte ich fest. „Das sieht aus wie Hundstrümmerln!“

„Dann mach du weiter, wenn du es besser kannst!“, antwortete Lucy schnippisch und stand auf.

Dass sie auf beleidigte Leberwurst machte, hatte uns jetzt gerade noch gefehlt.

„Entschuldige, war nicht bös gemeint!“, sagte ich deshalb. Um zu vermeiden, dass meine Seite der Burg tadellos und ihre verkorkst aussah, schlug ich vor, dass sie ab sofort als Baumeisterin für das Grobe zuständig war und ich für den Feinschliff. Das funkte dann auch super und nach einer Stunde war unsere Burg fertig. Mit Türmen, Burggraben, Zinnen, die auch als solche zu erkennen waren, und allem Drum und Dran. Wir schwitzten wie irr aus allen Poren und weil ein warmer Wind ständig Sand auf uns blies, sahen wir aus wie paniert. Also zogen wir unsere Strandkleider aus, warfen sie auf den nächstbesten Sonnenschirm und stürzten uns im Bikini ins Meer. Ah, tat das gut!

Vom Wasser aus hatten wir einen guten Überblick über den Strand. Sobald Sandro und Yannick im Anmarsch waren, konnten wir noch rechtzeitig zu unserer Burg zurücklaufen und so tun, als würden wir sie gerade fertig stellen. Sie sollten schließlich wissen, dass wir dieses Kunstwerk zustande gebracht hatten und uns – hoffentlich! – darauf ansprechen.

Ein kleines Mädchen kam mit einem riesigen Schwimmreifen um den Bauch, um sich die Burg anzusehen. „Schau Mami, was die da gemacht haben!“, rief es seiner Mutter zu. Dabei zeigte es mit der Hand auf den höchsten Turm und kam ihm gefährlich nahe.

Wir liefen rasch aus dem Wasser.

„Geh bitte nicht so nah dran“, bat Lucy.

„Schauen darfst du gern, aber nicht angreifen!“, beschwor ich das Mädchen. Seine Mutter hatte Verständnis für unsere Ängste. Sie zog die Kleine weg und ging mit ihr ins Wasser planschen. Auch wir schwammen wieder auf unseren Beobachtungsposten im Meer zurück.

Plötzlich piepste das Mädchen: „Mami, Mami schau! Da ist ein Unterseeboot!"

Die Mutter erschrak. „Das ist eine Qualle!", rief sie. Mit einem Ruck hob sie ihre Tochter hoch und lief mit ihr am Arm aus dem Wasser. Dort stellte sie das Kind ab. Die Kleine sprang aus dem Reifen und lief zu einer Liege in der ersten Reihe.

Lucy und ich betrachteten „das Unterseeboot" aus sicherer Entfernung. Es war himmelblau und durchscheinend wie Milchglas, so groß wie eine Kuhflade und auch ähnlich geformt, aber mit etlichen fingerähnlichen Fransen. Und es steuerte auf uns zu! So rasch wir konnten, retteten auch wir uns ans sichere Ufer. Dabei hätten wir fast einen Animateur umgerannt, der uns entgegenkam.

„Was ist los?", fragte er.

„Da drin schwimmt eine Riesenqualle", sagte Lucy.

Der Animateur holte ein Aststück und dirigierte die Qualle damit ans Ufer. Die Wellen halfen ihm dabei. Dann hob er sie mit einem Ast auf, ließ sie ein paar Schritte weiter weg fallen und bedeckte sie mit Sand. „Problem erledigt!", sagte er und ging weg.

Unter dem Sand zuckte es. Echt grausam! Lucy und ich waren entrüstet. Das arme Tier! Wir hatten eigentlich erwartet, dass der Animateur es ins Meer zurücktreiben würde. Na gut, wenn nicht er, dann mussten wir es eben tun. Mit dem Ast befreite ich die Qualle vorsichtig vom Sand. Lucy fand noch ein zweites Aststück. Gemeinsam hoben wir das Tier wie auf einer Bahre hoch und trugen es ins Meer. Weil wir so aufgeregt waren und zitterten und auch weil die Qualle auf den beiden Ästen wie ein riesiger Pudding hin- und herwabbelte, plumpste sie schließlich zu nah am Ufer ins Wasser. Hilflos trieb sie auf einer Welle wieder auf den Strand zu. Wir reagierten sofort und schubsten sie mit den Ästen so weit ins Meer hinein, dass sie aus eigener Kraft wegschwimmen konnte. Ich weiß nicht, ob Quallen so etwas wie Dankbarkeit empfinden können, aber uns kam es so vor, als würde sie uns mit den Nesselarmen zuwinken. Gleich darauf war sie verschwunden. Wir warteten noch ein bisschen, bevor wir uns in die Wellen warfen.

Plötzlich hörten wir lautes Gebrüll. Sven kam in einem Wahnsinnstempo angerannt, gefolgt von einem etwa gleichaltrigen Jungen, der eine wabbelnde, glasig-blaue Masse auf einem Stück Karton trug.

„Oh nein! Noch eine Qualle!“, rief Lucy. War es vielleicht gar „unsere“, die an einer anderen Stelle von den Wellen wieder an den Strand gespült worden war? Hoffentlich nicht! Lucy und ich hatten uns so gefreut über die gelungene Rettungsaktion.

„Hilfe!“, kreischte Sven, „Hiiilfe!“ Er drehte sich immer wieder nach dem Buben um, während er lief.

„Bleib stehen, du Feigling!“, rief Svens Verfolger. „Sie beißt nicht!“

Sven blieb kurz stehen und drehte sich um. „Lass mich endlich in Ruhe, Michi! Verschwinde!“, keuchte er. Sein neuer Freund Michi kümmerte sich nicht darum und lief weiter.

„Komm Sven, darfst sie streicheln“, schrie er. Svens Augen weiteten sich vor Schreck, denn Michi hatte ihn fast eingeholt.

„Lasst sofort die Qualle in Frieden!“, rief ich den beiden lauthals zu.

„Weg von der Burg!“, schrie Lucy. Sven schlug knapp vor der Burg einen Haken wie ein Hase und dann begann eine wilde Verfolgungsjagd im Zickzack-Kurs zwischen den Liegen, die zum Glück noch fast alle unbesetzt waren. Am Ende des Strandabschnitts änderte Sven plötzlich wieder die Richtung und lief am Meer entlang zurück. Michi jagte ihm mit der armen Qualle nach.

Sven kam unserer Burg immer näher. Lucy und ich kämpften gegen die Kraft der Wellen, um möglichst rasch ans Ufer zu kommen, und das drohende Unheil abzuwenden.

„Aufpassen!“, rief ich Sven und Michi zu. Aber sie hörten nicht auf mich und rannten weiter.

„Unsere Burg!“, schrie Lucy verzweifelt.

Zu spät. Sven war mit dem Fuß in dem Schwimmreifen hängen geblieben, den das kleine Mädchen vorhin liegen gelassen hatte. Er stolperte und plumpste der Länge nach auf unser architektonisches Kunstwerk. Michi konnte sich nicht mehr rechtzeitig einbremsen und fiel auf Sven drauf, während die Qualle in hohem Bogen auf eine Liege flog, auf die sich eine ältere Dame gerade setzen wollte. Dem entsetzten Geschrei und Geplapper nach zu urteilen war sie Französin.

„Mon Dieu!", rief sie. Das heißt „mein Gott". So viel wusste ich schon aus dem Französischunterricht. Aber dann sprudelten noch eine Menge Wörter aus ihrem Mund, die ich nicht verstand und deren Bedeutung ich in der Schule wohl auch nie kennen lernen würde. Schimpfwörter standen ja nicht am Stundenplan. Dass es welche waren, ergab sich ganz klar aus dem Tonfall und dem Gesichtsausdruck der Dame und wie sie herumhopste, mit den Armen in der Luft herumfuchtelte und dabei immer wieder auf Sven und Michi zeigte.

Als Lucy und ich aus dem Wasser kamen, hatten sich Sven und sein neuer Urlaubsfreund wieder hochgerappelt und rannten davon. Lucy war hochrot vor Zorn und schimpfte wie ein Rohrspatz, während ihr die Tränen herunterrannen. Ich heulte gleich mit. Die Französin hatte sich den Karton geschnappt und die – wie wir jetzt sahen – tote Qualle daraufgeschubst. Sie ließ sie mitten auf unsere Burg, besser gesagt, auf das, was davon übrig war, fallen und begrub sie unter den Resten unserer kunstvoll verzierten Türme und Burgmauern.

Von Yannick und Sandro war keine Spur zu sehen. Aber unter den gegebenen Umständen war das ein Glück. Lucy und ich zogen uns nach dieser Schlappe fürs Erste auf unser Zimmer zurück und ich grübelte darüber nach, warum ausgerechnet ich mit so einem Tollpatsch von Bruder geschlagen war.

Crazy!

Sven hatte die Sache mit der Qualle natürlich brühwarm Mama erzählt. Die Folge: Nach dem Mittagessen ein Vortrag über die Gefahren dieser Tiere und die Bitte, nur ja an unserem Strand zu bleiben.

„Warum?“, fragte Lucy.

„Weil ich euch dann ganz rasch verarzten kann. Ich habe eine Salbe gegen Brennen und Juckreiz mitgebracht.“

Na also! Wozu dann die Aufregung?

Aber die Quallen waren zu diesem Zeitpunkt unsere geringste Sorge. Dass wir nicht zum Nachbarstrand gehen sollten, spielte momentan auch keine Rolle, denn weder Lucy noch ich hatten Lust, dort eine neue Burg zu bauen.

„Okay?“, fragte Mama.

„Okay“, sagte ich. Lucy nickte betont heftig mit dem Kopf, was „jaja, ist schon gut!“ bedeutete, während ihr Pferdeschwanz gleichzeitig fröhlich von rechts nach links baumelte, als wollte er sagen: „Nein, nein, ich mach, was ich will!“

Für Lucy und mich war jetzt eine Nachdenkpause angesagt. Wir benutzten die aufkommenden höheren Wellen zum Drüberspringen und hofften dabei auf eine spritzige Idee. Die hatten wir auch bald. Weil zur Duchführung einige Vorbereitungen nötig waren, beschlossen wir, unseren Plan erst am nächsten Tag umzusetzen.

„Geht vor, wir kommen später nach!“, sagte ich daher am nächsten Morgen nach dem Frühstück zu meinen Eltern. Dann stürzten wir uns auf unsere Schminksachen und holten unsere schärfsten Outfits aus dem Kasten. Wir wollten uns am Nachmittag als „young top models“ oder so präsentieren. Natürlich an Sandros und Yannicks Strand. Das hier war die Generalprobe. Ich war total in meinem Element, denn Model zu werden, war sowieso mein Traum.

Lucy wählte Eisblau für den Lidschatten und ein zartes Rosa für die Lippen. Das unterstrich ihre blauen Augen und ihren sportlichen Typ. Die paar Sommersprossen, die sie auf den Wangen hatte, verschwanden unter einer gut deckenden Schicht Make-up.

Zu meinen graugrünen Augen fand ich grünen Lidschatten am passendsten. Für die Lippen nahm ich einen kirschroten Lippenstift.

„Meinst du, ich sollte die Haare hochstecken?“, fragte ich Lucy.

„Unbedingt!“, meinte sie und drehte meine schulterlangen Haare zu einem Knoten. Seitlich zupfte sie einige kurze Locken heraus. „Sensationell!“, sagte sie dazu anerkennend. Die Locken schmeichelten meinem Gesicht, machten die Frisur weniger streng. Aber Lucy war noch nicht ganz zufrieden. Sie bemalte meine Lippen über die Ränder hinaus. „Du siehst umwerfend aus – wie Angelina Jolie“, urteilte sie begeistert.

Obwohl wir eigentlich Konkurrentinnen waren, berieten wir uns gegenseitig. Wie beste Freundinnen es eben tun. Unser Plan war, erst mal beide Beachboys anzulocken. Und dafür brauchte es eben vereinte Kräfte. Erst wenn jede von uns ihren Favoriten vor der Angelschnur hatte, sollte das Wettrennen beginnen.

Lidstrich, Wimperntusche und Nagellack in zartem Rosa (für Lucy) und Kirschrot (für mich) machten unseren Look perfekt. Aber die schwierigste Frage war noch zu klären: Was anziehen? Rock und Wickelbluse? Oder Jeans und gestreifter Pulli? Oder lieber das türkisfarbene Kleid mit den Spaghettiträgern? Das war eine echt kniffige Entscheidung! Nach einigem Hin und Her entschied ich mich für meinen superkurzen weißen Mini und ein figurbetonendes schwarz-weiß gemustertes Top.

„Spitze!“, kommentierte Lucy. In ihrer engen schwarzen Hose und dem pinkfarbenen, im Nacken gebundenen T-Shirt sah sie aber auch megacool aus!

Plötzlich klopfte es an der Tür. „Hallo!“, rief Sven. „Darf ich reinkommen?“

„Nein!“, antworteten Lucy und ich im Chor.

„Mama will wissen, wo ihr so lange bleibt!“

„Wir kommen schon!“, versicherte ich ihm. Lucy und ich schminkten uns rasch ab und zogen die Badesachen an. Den restlichen Vormittag verbrachten wir ganz brav an unserem Strand.

Der Nachmittag war ideal für unser Vorhaben. Mama hatte bei ihrer Arbeit in der Beschwerdeabteilung einer Versicherung das ganze Jahr über so viel Stress, dass sie im Urlaub einfach nur relaxen wollte. Sie lag auf der Liege, las in einer ihrer Zeitschriften und wollte ihre Ruhe haben. Wir gönnten sie ihr von Herzen. Papa hatte einen Partner zum Billardspielen gefunden. Sven durfte mit seinem neuen Freund Michi – der mit der Qualle – bei den Spielen im Kinderclub des Hotels mitmachen. So hatten Lucy und ich freie Bahn.

Zuerst tobten wir eine Weile im Meer herum, dann sagten wir Mama, dass wir in der Umgebung ein paar Fotos machen wollten. Das war ja auch die reine Wahrheit. Wir mussten ihr versprechen, die Hotelanlage nicht zu verlassen. Das war immerhin fast die Wahrheit, denn Mama hatte ja nicht klar definiert, welche Hotelanlage sie meinte. Dann fiel mir ein, dass Mamas neue Schuhe supertoll zu meinem Mini passen würden.

„Borgst du mir bitte deine Peep Toes mit den High Heels?“, bat ich sie.

„Meine was?“, fragte Mama.

„Na, deine Stöckelschuhe, wo vorne die Zehen rausschauen“, übersetzte ich. Komisch, Mütter kaufen sich Sachen, von denen sie nicht einmal wissen, wie sie heißen!

„Ach so, die. Na, ausnahmsweise. Aber pass auf, dass du dir nicht die Knöchel verknackst!“

Dank unserer erfolgreichen Generalprobe dauerte das Schminken und Umziehen kaum länger als eine halbe Stunde. Ein Problem war natürlich, dass uns kein echter Fotograf zur Verfügung stand. Mama oder Papa kamen nicht in Frage. Wie hätten wir in ihrer Gegenwart ordentlich drauflosflirten sollen? Also mussten wir die Sache selbst in die Hand nehmen und uns gegenseitig „knipsen“. Mit meiner Digitalkamera. Das sah zwar nicht unbedingt professionell aus, aber die Fotos waren ja nur Mittel zum Zweck.

Wieder einmal keine Spur von Sandro und Yannick, als wir zu ihrem Strand kamen. Wir warfen eine Muschel. Wölbung nach oben hieß, dass ich zuerst als „young top model“ auftreten sollte. Die Muschel blieb mit der Wölbung nach unten liegen. Also war Lucy als Erste an der Reihe. Sie bog, krümmte und streckte sich in den schrägsten Posen. Ein leichter Wind ließ ihre Haare flattern. Sie glänzten wie Gold in der Sonne. Ich stöckelte um sie herum, feuerte sie an und knipste wie wild von allen Seiten. Wobei Mamas High Heels sich als sehr hinderlich erwiesen. Immer wieder steckten sie im nassen Sand fest und ich hatte Mühe, sie wieder herauszuziehen. Einige Leute blieben kurz stehen, erstaunt und neugierig. Manche tuschelten belustigt, andere machten einen Bogen um uns und gingen einfach weiter. Die auf den vorderen Liegen machten Augen so groß wie Tennisbälle. Offensichtlich waren sie uns dankbar für ein bisschen Abwechslung in ihrem Bade-Alltag. Vielleicht hielten sie uns auch für verrückt. Wie auch immer, wir hatten erreicht, was wir erreichen wollten: auffallen um jeden Preis. Bei all dem schaffte ich es auch noch, mit meinen Blicken die Umgebung nach Yannick abzusuchen.

Top oder Flop

Als Lucy sich gerade wie eine Nixe im Sand räkelte, entdeckte ich ihn: Außerhalb der Bojen tauchte er unter und wieder auf. Obwohl er sein Piratentuch nicht trug, war ich ganz sicher, dass er es war. Und dann schwamm er direkt auf uns zu. Ja, es war Yannick! Mein Herz machte einen Luftsprung vor Freude. Bestimmt waren ab da alle meine Fotos verwackelt. Aber das war mir so was von egal!

Yannick ließ sich von den Wellen vorwärtstragen, machte nur hin und wieder eine leichte Schwimmbewegung. Er verschmolz mit dem Wasser, wehrte sich nicht gegen die Schaumkronen, die ihn im Gesicht trafen. Er schien zu schlafen. Oder zu träumen ... Träumte er von jemandem, der irgendwo auf dieser Welt darauf wartete, ihn kennen zu lernen? Jemand, der ihn aus seiner melancholischen Traumwelt riss, um mit ihm gemeinsam die fröhlichen Seiten des Lebens zu entdecken? Noch wusste er nicht, dass dieser Jemand schon sehr, sehr nahe war. Aber das würde sich bald ändern ...

„He, wach auf!“, unterbrach Lucy meine Gedanken. „Wozu verrenke ich mir denn Arme und Beine, wenn du nicht einmal herschaust?“

„Ich bin fertig. Jetzt kommst du dran. Aber zuerst

brauch ich eine kleine Pause", sagte ich und übergab Lucy den Fotoapparat. Ich tat, als würde ich in der Ferne, am Horizont, ein Schiff beobachten. In Wirklichkeit hatte ich natürlich Yannick im Visier. Lucy hatte ihn ohne Kopftuch nicht gleich erkannt. Aber als er näher kam und aufstand, um langsam ans Ufer zu gehen, wusste sie, was los war.

„Ach so, verstehe!", sagte sie und lachte. Wir schauten gespannt zu, wie Yannick näher und näher kam.

„Jetzt!", dachte ich, als er nur noch ein paar Schritte von uns entfernt war. „Jetzt musst du was tun. Ihn anlachen, winken, husten, ihm um den Hals fallen ... irgendwas!" In letzter Sekunde entschied ich mich fürs Winken. Yannick sah zu uns herüber und – winkte zurück! Eigentlich hätte ich mich darüber freuen sollen. Aber dazu war die Zeitspanne, in der er uns – besser gesagt mir – seine Aufmerksamkeit schenkte, zu kurz. Außerdem war es bloß ein mechanisches Winken, eine fast automatische Reaktion auf meines. So, als ob man jemanden beim Einkaufen grüßt, den man vom Sehen her kennt, und derjenige grüßt halt höflichkeitshalber zurück und geht dann weiter. Nicht einmal ein klitzekleines Lächeln hatte Yannick für mich übrig, bevor er zu seiner Liege ging. Dort rubbelte er sich die Haare mit einem Handtuch ab und zog sein Piratenkopftuch darüber. Dann nahm er einen MP3-Player, setzte Kopfhörer auf und legte sich bequem hin.

Na, das war vielleicht ein schwerer Brocken. Eine total harte Nuss, die ich da zu knacken hatte!

„Jetzt komm schon, mach weiter!“, drängte Lucy. „Wo Yannick ist, ist Sandro bestimmt auch nicht weit.“

Dass Yannick unseren Auftritt als „young top models“ im Allgemeinen und mich im Speziellen so wenig beachtet hatte, kränkte mich. Trotzig warf ich mich in Pose, marschierte wie ein Soldat auf und ab und stemmte dabei die Arme in die Hüften.

Lucy schüttelte den Kopf. „Du stampfst daher wie ein Nilpferd. Geht's nicht etwas graziöser?“

Es ging, denn inzwischen war meine Enttäuschung schon großteils verflogen. Ich bemühte mich, Lucy einige tolle Shots zu liefern.

Plötzlich ertönten vom Himmel her Pfiffe. Es war aber kein Engel oder so was – das heißt: Für Lucy war es das wahrscheinlich doch. Denn dort oben schwebte ein Parachuter im Tandem mit – Sandro! Gleich würden sie über unsere Köpfe hinweggleiten. Weil der Wind dort oben relativ stark war und Sandro es offenbar lästig fand, seine Schirmkappe am Kopf festzuhalten, schwenkte er sie in der Hand und warf sie herunter, auf den Strand. Die Pfiffe sollten offensichtlich Yannick oder auch jemand anderen zum Auffangen bewegen.

Lucy begriff das sofort und war entschlossen, sich diese Gelegenheit nicht entgehen zu lassen. Mit meiner

Kamera in der Hand lief sie der Kappe zuerst am Strand entgegen. Eine Windböe änderte plötzlich die Flugrichtung und blies die Kappe in Richtung Meer. Lucy lief ins Wasser, um sie trotzdem zu erwischen. Es gelang ihr auch, weil sie sich ihr entgegenstreckte. Leider kam genau in diesem Augenblick eine starke, hohe Welle angerollt und schwappte über Lucy und die Kappe hinweg. Das wäre nicht so schlimm gewesen, hätte sie nicht meine Digitalkamera in der anderen Hand gehabt. So bekam diese einen ordentlichen Schwung von der weißen Gischt ab. Lucy war so happy, sie bemerkte das nicht einmal. Strahlend hüpfte sie mit Sandros Kappe in der Hand auf den Strand zurück und schwang sie wie eine Trophäe hin und her. Sie hätte nicht glücklicher sein können, wenn sie ein von Justin Timberlake verschwitztes T-Shirt ergattert hätte!

Ich nahm ihr den Fotoapparat rasch aus der Hand und hoffte inständig, dass er keinen Schaden davongetragen hatte.

Yannick hatte von all dem nichts gehört und gesehen. Friedlich wie ein Baby, mit geschlossenen Augen, lag er auf seiner Liege und hörte Musik. Ich beneidete Lucy, als kurz darauf Sandro den Strand entlanggelaufen kam. Für sie war die Sache geritzt. Sie hatte einen guten Grund, Sandro anzusprechen. Der Rest war dann nur noch ein Kinderspiel.

„Hallo!“, sagte Lucy und hielt ihm lächelnd seine Kappe hin.

„Danke“, antwortete Sandro und lächelte fröhlich zurück. Dann zwinkerte er ihr zu, setzte die nasse Kappe auf und lief weiter, bis zur leeren Liege neben Yannick.

Lucy war bitter enttäuscht. „Er hätte mich wenigstens auf einen Drink einladen können!“, maulte sie. Da konnte ich ihr nur zustimmen. Aber ich fand auch, dass wir uns so eine Gelegenheit zur Kontaktaufnahme nicht entgehen lassen sollten.

„Weißt du was? Wir machen es umgekehrt: *Wir* laden die zwei auf ein Cola ein“, schlug ich vor.

Lucy umarmte mich spontan. Ihre Augen glitzerten vor Freude heller als die Sonnenstrahlen auf den Wellen.

„Voll super, deine Idee!“, rief sie. Wir waren uns einig, dass wir unsere selbstauferlegte Regel, nicht die Initiative zu ergreifen, etwas lockern konnten. Die beiden würden uns ja in hundert Jahren nicht ansprechen, soviel war uns inzwischen klar geworden. Da durften – nein, da mussten – wir etwas nachhelfen.

Ein bisschen unsicher waren wir schon, als wir auf Sandro und Yannick zustöckelten. Aber es gelang uns ganz gut, diese Unsicherheit zu verbergen.

„Lust auf ein Cola?“, fragte Lucy cool.

„Sorry, keine Zeit. Ich hab mich fürs Beachvolleyball

angemeldet. Es geht gleich los“, antwortete Sandro und weg war er.

Yannick nahm die Kopfhörer ab und sah uns durch seine dunkle Sonnenbrille an. Hallelujah! Er hatte auf uns reagiert.

„Und du?“, fragte ich Yannick. Es sollte ebenfalls cool klingen, kam aber einen Tick zu schüchtern rüber.

Yannick deutete auf das rote Band an meinem Handgelenk, das uns als All-inclusive-Gäste unseres Hotels auswies. (Er trug ein blaues.) „Keine Chance. Mit dem Ding da kriegt ihr nichts an unserer Strandbar. Ich hol mir später selbst was zu trinken.“ Er setzte seine Kopfhörer wieder auf und lehnte sich entspannt zurück.

Ich spürte, wie ich im Gesicht knallrot anlief. Lucy kicherte – keine Ahnung warum – und zog mich weg.

Das war ja zum Haareausraufen. Hatte der Typ doch echt gedacht, wir würden ihn bedienen!

Als wir am Volleyballfeld vorbeikamen, war der Ball gerade ins Wasser gefallen. Während ein Spieler ihn holte, achtete Lucy darauf, dass wir möglichst nahe an Sandro vorbeigingen.

Er sah zu uns her. „He, Mädchen!“, rief er.

Damit meinte er mich. Ich blieb erwartungsvoll stehen, während Lucy mich erstaunt ansah. Sie hatte natürlich erwartet, dass Sandro sie ansprechen würde.

„Wisch dir den Mund ab, der ist ganz mit Lippenstift

verschmiert!“, sagte er zu mir. Dann wandte sich Sandro wieder dem Spiel zu.

Ja, so schnell können „young top models“ zu „flop models“ werden! Besonders, wenn sie auf Leute stoßen, die keine Ahnung haben, was modemäßig gerade angesagt ist und die obendrein auch keine Fans von Angelina Jolie sind.

Alles anders!

Nach dem Frühstück am nächsten Morgen lockte uns Papa in die Ecke mit den Ausflugsprospekten. Er hatte doch nicht etwa vor ...?

„Tunesien hat eine bewegte und höchst interessante Geschichte“, begann er. Mir war sofort klar, was das bedeutete: Er wollte uns zu irgendwelchen Ausgrabungen schleppen.

„Ursprünglich war es von Berberstämmen besiedelt“, setzte er fort, „später kamen die Phönizier und gründeten die Stadt Karthago. Sie wurden von den Römern verdrängt. Tunesien wurde Teil der Provinz Africa. Danach eroberten die Araber das Land und brachten eine neue Religion: den Islam. Alle diese Völker haben Spuren hinterlassen. In Karthago gibt es noch die Teile des römischen Amphitheaters zu sehen, auch einiger Badeanstalten, die damals Thermen hießen ...“

„Er kann es nicht lassen“, dachte ich. Wer beruflich das ganze Jahr über mit Fertigteilhäusern zu tun hat wie Papa, ist leider auch im Urlaub sehr anfällig für den Bauwerk-Betrachtungs-Bazillus. Auch wenn es sich nur noch um Ruinen handelt.

„Im berühmten Bardo-Museum bei Tunis sind die Reste der phönizischen Kultur zu sehen: Mosaike, Statuen, Goldmasken ...“

Museum! Das war sowieso ein Reizwort für mich. Erinnerte mich an die Lehrausgänge mit den langen und langweiligen Vorträgen unseres Geschichtslehrers. Obwohl vieles, was dort ausgestellt war, eigentlich schon recht interessant war. Allerdings nur, wenn ich es mir auf eigene Faust ansehen konnte. Aber warum sollte ich mir das im Urlaub antun? Bei dieser Affenhitze?! Während Yannick sich im Meer abkühlte!?

Papa war nicht zu stoppen. „Sidi Bou Saïd ist eine ganz besondere Stadt: Alle Häuser sind weiß gestrichen, alle Türen und Fenster blau. Das ist auf den Einfluss der Spanier zurückzuführen. Die waren nämlich auch einmal kurz im Norden Tunesiens ansässig ...“, erzählte er begeistert. Und dann kam endlich die Frage, die ich die ganze Zeit über erwartet hatte: „Was haltet ihr davon, wenn wir diesen Ausflug hier“, er deutete auf einen der Reiseprospekte, „nach Karthago – Tunis – Sidi Bou Saïd buchen? Das wird bestimmt ein einmaliges Erlebnis. Falls wir überhaupt noch Plätze bekommen für morgen.“

Mama hatte zwar keine große Freude, aus ihrer Urlaubsruhe gerissen zu werden, aber sie wollte Papa den Spaß nicht verderben. Sie wusste ja, wie viel ihm daran lag. Sven fügte sich in sein Schicksal. Blieb ihm auch nichts anderes übrig.

Lucy verzog das Gesicht. Sie dachte dasselbe wie ich.

Der Anblick verblasster Mosaike und zerbröselter Säulen war so ziemlich das Letzte, worauf wir im Augenblick Bock hatten. Wir wollten uns lieber mit unseren quicklebendigen Flirtobjekten befassen, wo wir ihnen doch gerade einen Schritt nähergekommen waren. Der Anfang war mühevoll und enttäuschend genug gewesen. Wenn wir jetzt nicht dranblieben und unsere Anstrengungen zumindest verdoppelten, würde das mit den Mondscheinküssen in diesem Leben nicht mehr klappen, jedenfalls nicht mit Yannick und Sandro.

„Für Ausflüge ist es doch viel zu heiß. Dürfen wir beide im Hotel bleiben?", fragte ich.

Papa war sprachlos. Er konnte nicht glauben, dass wir sein großzügiges Angebot ablehnten.

„Nein", sagte er. „Aber ihr könnt es euch noch überlegen. Entweder fahren wir alle oder keiner. Ein bisschen Zeit ist ja noch, die Reisebetreuerin kommt erst am Abend ins Hotel."

Papa sah so traurig drein, dass er uns leidtat. Um ihn aufzuheitern, luden wir ihn im Park des Hotels zum Bocciaspielen ein. Das tat er nämlich gern. Mama wollte sich lieber weiter auf der Liege entspannen und lesen. Sven tobte mit Michi im Wasser herum.

Die Bocciabahn lag zwar im Schatten von Palmen und anderen Bäumen, aber es war ein heißer Tag und abseits des Strandes sehr schwül. Aber das war nicht das einzige

Opfer, das wir brachten, um Papa ein Erfolgserlebnis zu verschaffen, und seine gute Laune wiederherzustellen.

Bei der ersten Runde ließen wir ihm den Vortritt. Seine Kugel blieb etwa zehn Zentimeter neben der kleinen roten Kugel liegen. Es war nicht schwer, unsere Kugeln rechts und links daran vorbeirollen zu lassen.

„Du warst so nah dran, da hatten wir keine Chance!“, sagte ich zu Papa und zwinkerte Lucy hinter seinem Rücken zu.

Bei der nächsten Runde war es schon schwieriger. Da verfehlten seine Kugeln das Ziel um mehr als einen Meter und wir mussten uns anstrengen, unsere Kugeln weit genug danebenzurollen – doch nicht so weit weg, dass es Papa auffiel. Unsere Sorge war jedoch unbegründet. Als er nach zehn Runden die Bahn als strahlender Sieger verließ, hatte er noch immer nicht gecheckt, dass wir ihn absichtlich gewinnen hatten lassen.

„He Leute, heute ist mein Glückstag!“, jubelte er.

Danach gingen wir alle zusammen an den Strand. Es war sehr heiß und fast windstill. Das Meer war glatt, daher beschlossen Lucy und ich, ein Wettschwimmen zu veranstalten. Sven wollte unbedingt auch mitmachen, obwohl er gegen uns keine Chance hatte. Aber kaum waren wir im Wasser, stellte sich heraus, dass er gar nicht wirklich die Absicht hatte, gegen uns anzutreten. Er wollte uns nur ein „Geheimnis“ verraten, wie er sagte. Ohne erwachsene Zuhörer.

„Ich weiß, warum ihr keinen Ausflug machen wollt“, begann er.

„Ach ja?“, sagte Lucy.

„Ich weiß aber noch *viel* mehr!“, meinte er geheimnisvoll.

„Mach’s nicht so spannend“, bat ich ihn.

„Es geht um Yannick. Ich weiß jetzt, wieso du nicht bei ihm landen kannst!“

Aha. Mein kleiner Bruder hatte uns wieder einmal nachspioniert.

„Wieso das?“, fragte ich und bemühte mich, nicht allzu neugierig zu erscheinen.

„Na ja ... ich glaub, er macht sich nichts aus Mädchen ...“

„Hä? Willst du damit sagen, dass er ...???“, begann Lucy entsetzt und stockte.

Sven war sehr stolz auf seine Entdeckung: „Mhm! Genau das!“, sagte er zu mir. „Aber mach dir nichts draus. Hast ja genug Auswahl zum Anbaggern. Er ist ja nicht der Einzige hier.“

Ich war fassungslos. „Ich glaub dir kein Wort“, sagte ich.

„Ich hab ihn aber auf frischer Tat ertappt! Kommt mit, ich kann’s beweisen!“, behauptete Sven. Er führte uns zum Nachbarstrand und zeigte auf die Strandbar.

„Dort hinten am Tisch sitzt er. Mit einer *sehr* coolen Tussi. Pech für dich, er steht halt mehr auf echte Damen", erklärte er, wobei er das Wort „Damen" besonders betonte. „Du hast dich in den Falschen vergafft!" Hörte ich da so was wie Schadenfreude in seiner Stimme?

„Ach so, *das* meinst du!", sagte ich erleichtert, nachdem das „Geheimnis" gelüftet war.

„Macht dir das gar nichts aus?", fragte er erstaunt.

„Nein! Die ist doch schon uralt – mindestens fünfundzwanzig", entgegnete ich.

Ganz so egal wie ich vor Sven tat, war mir die Sache allerdings nicht. Natürlich wurmte es mich fürchterlich, dass Yannick sich mit einem anderen Mädchen unterhielt und mit mir nicht. Obwohl – wenn ich mir die „Tussi", wie Sven sie genannt hatte, so anschaute, war sie nicht wirklich eine ernsthafte Konkurrenz für mich: ausdrucksloses Dutzendgesicht, dürres Klappergestell ... Wie konnte sich Yannick nur mit so was an einen Tisch setzen? Wenn er ihr im Finstern begegnete, würde er auf und davon rennen, weil er sie für ein Gespenst hielte. Zugegeben, sie hatte oben herum etwas mehr zu bieten als ich. Aber das war bestimmt nicht alles Natur. Passte ja gar nicht zu ihrer Kleiderstangen-Figur.

Auch Lucy schüttelte den Kopf. „Also ehrlich, ich versteh so was nicht", sagte sie, als Sven wieder weg war. „Was ist denn an der schon dran?“ Sie sagte das nicht nur, um mich zu trösten, sondern weil sie mit Sandro ähnliche Sorgen hatte. Der saß zwar nicht mit anderen Girls herum, dafür hatte er nur Sport im Kopf. Das musste sich ändern. Und zwar rasch!

Die Lösung war relativ einfach: An Yannicks Vorliebe für dürre ältere Mädchen und an Svens sportlichem Ehrgeiz ließ sich zwar nicht rütteln. Aber wir konnten *uns* ändern. Weil das, was zuerst ins Auge springt, das Äußere ist, mussten wir unseren Style verbessern. Bis jetzt hatten sie uns vermutlich unter die Rubrik „kindische Zicken“ eingereiht. Ab sofort sollten sie uns von einer anderen Seite kennen lernen!

„Ich lass mir die Haare schneiden. Das sieht erwachsener aus als der Pferdeschwanz!“, beschloss Lucy. Was ich tun konnte, damit Yannick mich interessant fand, wusste sie allerdings genauso wenig wie ich.

Fürs Erste begleitete ich Lucy nach dem Mittagessen zum Hotelfrisör. Er kämmte geduldig Lucys goldblonde lange Haare, während sie in einer Frisurenzeitschrift blätterte. „Die will ich!“, strahlte Lucy endlich und zeigte auf eines der Fotos.

„Okay, Madame. Haare schneiden bis Ohr“, sagte der Frisör. Er legte den Kamm weg und nahm die Schere in die Hand.

„Aber bitte die Ohren dranlassen“, bat ich. Wie er die Schere knapp neben Lucys Gesicht auf- und zuklappen ließ, um ihr zu zeigen, wo er die Haare abschneiden wollte, sah ziemlich abenteuerlich aus.

„Oder nein“, meinte Lucy. „So gefällt es mir besser!“ Sie zeigte auf ein anderes Foto, auf dem eine stufig geschnittene Frisur zu sehen war. „Was meinst du, Michelle?“, fragte sie mich.

„Ja, schaut echt cool aus!“, antwortete ich.

Der Frisör klapperte wieder mit der Schere. „Okay, Madame“, sagte er.

Ich bewunderte insgeheim seine Geduld. Lucy hatte eine volle Viertelstunde gebraucht, um sich zu entscheiden. An seiner Stelle hätte ich sie höflich, aber bestimmt aus dem Salon hinausgeworfen.

„Moment! Noch nicht!“, rief Lucy, nachdem sie das Heft noch einmal von vorne nach hinten und von hinten nach vorne durchgeblättert hatte. „Die Frisur hier will ich!“, entschied Lucy. Diesmal klang es sehr entschlossen.

„Eh, Madame?“, fragte der Frisör, als hätte er nicht richtig verstanden.

„Ja, genau die“, bestätigte Lucy, nahm ein Büschel Haare und deutete an, wo sie sie abgeschnitten haben wollte.

„Echt – so kurz?“, fragte ich zur Sicherheit. Ich fand, dass ihr die langen Haare supergut standen.

„Frag nicht so blöd. Natürlich so kurz. Sandro mag's gern sportlich, ich mag's gern sportlich – wo ist das Problem? Ist auch viel praktischer. Wenn der Wind weht, kriegt man nicht dauernd Haare in den Mund und über die Augen."

Ich gab auf, Lucy umzustimmen. Weil ich das Massaker an Lucys schönen Haaren nicht mit ansehen wollte, machte ich eine Runde durch die Hotelshops.

„Ich hol dich nachher ab", versprach ich.

Einer dieser Shops zog mich magisch an. Da waren so viele tolle Muster von Tattoos in der Auslage: Es gab tolle Blumengirlanden für Hände und Oberarme, geweihartige Muster für den Rücken, ineinander verschlungene Ornamente, chinesische und japanische Schriftzeichen, alle möglichen Tiere von Krabbelkäfern bis Rinderköpfen, elegante Fabelwesen, grimmige Drachen und gruselige Monster.

Plötzlich stand ein junger Mann in der Tür: „Hallo Fraulein! Ich bin Rashid. Du willst Tattoo. Von Henna?", fragte er in fast perfektem Deutsch.

„Ich weiß nicht recht ...", begann ich.

„Ich mach dir. Gaaanz billig. Superpreis. Komm rein!"

Er trat zur Seite, um mich vorbeizulassen. Ich war noch immer unentschlossen. Ob Yannick so etwas gefallen würde? Möglich wär's, bei seiner Vorliebe für

Piratenlook. Obwohl er selbst keine Tätowierung hatte. Oder vielleicht doch? Ich hatte ja noch gar nicht richtig seinen Rücken gesehen.

„Komm, Fraulein! Tut nicht weh! Gar nicht! Ist nur gemalt, nix mit Nadel“, versicherte Rashid.

Ich gab mir einen Ruck und folgte ihm in seine Tattoo-Bude.

Als ich etwas später Lucy vom Frisör abholte, erkannte ich sie fast nicht wieder. Ihre Haare waren auf zwei Zentimeter Länge gestutzt und standen kreuz und quer vom Kopf weg. Sie sah aus wie ein halb fertig gerupftes Huhn. Über der Stirnmitte waren die Haare bis zum Hinterkopf zu einer Art Hahnenkamm hochgebürstet, in dem orangerote Strähnchen leuchteten.

„Cool, oder?“, fragte sie stolz.

„Ja, aber etwas gewöhnungsbedürftig“, sagte ich, in der Annahme, dass sie eine ehrliche Antwort hören wollte.

„Na ja, *dir* muss ich ja auch nicht gefallen“, meinte sie ein wenig eingeschnappt.

„War nicht bös gemeint“, entschuldigte ich mich. „Ich finde nur, dass die langen Haare perfekt zu dir gepasst haben. Aber mit der neuen Frisur siehst du auch ganz süß aus.“

Das war nicht geflunkert. Wenn ich nicht mehr daran dachte, wie sie noch vor zwei Stunden ausgesehen hatte, dann musste ich zugeben, dass dieses freche, hippe Styling irr gut wirkte. War total mutig von ihr, viel mutiger als mein bescheidenes Tattoo.

„Schau her!“, sagte ich und zeigte ihr die zwei Delfine auf meinem rechten Oberarm.

Lucy war begeistert. „Wow! Ich glaub, ich lass mir auch so was machen“, überlegte sie.

Zwei Delfine und viel Stress

Wir gingen auf unser Zimmer und zogen uns für den Strand um. Ich müsste vorsichtig sein, hatte Rashid gesagt, weil das Henna erst in ein bis zwei Stunden ganz trocken sein würde. Ein Kontrollblick in den Spiegel verriet mir, dass mein Tattoo zu meinem neuen grünen Bikini mit den wellenartigen weißen Strichen fantastisch aussah. Aber dann fiel mir auf, wie flachbrüstig ich daherkam. Der Bikini hatte kein Push-up-Oberteil! Wieso war mir das beim Kaufen nicht aufgefallen? So konnte ich unmöglich an den Strand gehen! Jedenfalls nicht an den Nachbarstrand. Wo Yannick doch erwiesenermaßen auf üppigere Damen stand!

Eine Katastrophe bahnte sich an, denn auch mein zweiter Bikini, den ich zum Wechseln mitgenommen hatte, war aus einfachem Stoff. Und Lucys Bikinis ebenfalls, so dass ich mir auch von ihr keinen ausborgen konnte. Was tun???

„Jetzt krieg nicht gleich die Krise! Stopf dir halt Slips hinein!“, schlug Lucy vor. Es klang so selbstverständlich, als hätte sie das schon öfters getan.

Natürlich. Wieso hatte ich nicht selbst daran gedacht? Was für ein Glück, dass ich so eine clevere Freundin hatte.

„Da, nimm die hier!“, sagte Lucy und hielt mir eine

Doppelpackung rosafarbener Slips hin. „Die sind noch originalverpackt."

Während ich im Badezimmer die Wirkung der Slips ausprobierte, kam von Lucy plötzlich ein schriller Aufschrei. Ich lief ins Vorzimmer. Lucy stand vor dem Spiegel, das Gesicht ganz nah dran.

„Da!", kreischte sie. „Ausgerechnet heute!" Das kannte ich schon von Lucy. Sie hatte die seltene Gabe, einen Pickel schon zu erkennen, wenn er fürs freie Auge noch gar nicht zu sehen war. Und dann geriet sie regelmäßig in Panik. Der hier war allerdings schon recht gut zu sehen. Ja, er sprang einem sogar förmlich ins Auge, wenn man ihn sehen *wollte*.

Für solche Notfälle hatte ich farblose Aufkleber besorgt.

„Wenn man sie über Nacht draufklebt, sind die Pickel am Morgen ausgetrocknet", erklärte ich Lucy.

„Und was nützt mir das *jetzt*?", fragte sie. Es klang ziemlich verzweifelt.

„Wenn es bei Nacht funktioniert, dann auch bei Tag", sagte ich.

„Spinnst du? Mit so was kann ich doch nicht unter die Leute gehen", meinte sie entrüstet.

Ich hatte bereits ein Pickerl aus der Packung genommen und drückte es auf die gerötete Stelle auf Lucys Stirn.

„Problem erledigt. Kein Mensch wird's bemerken", sagte ich.

„Ha! Das sieht doch ein Blinder", entgegnete sie, wobei sie mit der Nase fast den Spiegel berührte.

„Dann geh halt nicht so nah dran an die Leute!"

Lucy seufzte: „Okay, wenn du meinst ...", gab sie nach. Ich seufzte auch. Vor Erleichterung. Ich hatte schon befürchtet, der blöde Eh-noch-nicht-Pickel würde unser Nachmittagsprogramm kippen.

Meine Eltern saßen gerade an einem Tisch der Strandbar und tranken Kaffee. Sven stand mit Michi in einer langen Schlange um Limonade an.

Als Mama Lucy sah, sprang sie auf: „Lucy!!! Was ist denn mit dir passiert?", schrie sie. Dann wandte sie sich an mich: „Hast du das verbrochen? Was ist dir denn da eingefallen?" Mama glaubte offenbar, dass ich Lucys Haare abgeschnitten und eingefärbt hatte. Das überraschte mich.

„Mir? Wieso?" Mehr brachte ich zu meiner Verteidigung nicht hervor.

„Ich war beim Frisör", beeilte Lucy sich zu versichern. Und fügte hinzu: „Freiwillig. Es war ganz allein meine Idee."

„Willst du damit sagen, dass du für diese ... Frisur", es fiel Mama sichtlich schwer, dieses Wort für Lucys Kurzhaarschnitt zu verwenden, „auch noch Geld bezahlt hast?"

„Na Muscheln hätten sie wohl kaum dafür genommen“, entfuhr es mir.

„Michelle!“, rief Papa tadelnd. Aber es tat mir sowieso schon leid. Mama machte sich ernsthaft Sorgen. Sie setzte sich wieder nieder.

„Ja sag einmal, Mädchen, was hast du dir dabei gedacht? Wie soll ich das deinen Eltern erklären? Ich habe ihnen versprochen, gut auf dich aufzupassen“, sagte sie kläglich.

„Na, so schlimm ist es auch wieder nicht. Die wachsen schon wieder nach!“, versuchte Lucy, sie zu beruhigen.

„Schon. Aber das dauert Jahre“, sagte Papa.

Die Gäste an den anderen Tischen betrachteten uns interessiert. Für sie war unser Streitgespräch so etwas Ähnliches wie Gratis-Freiluft-Kino. Dass meine Eltern aber auch immer so ein Drama um Kleinigkeiten machen mussten!

Auch Sven und Michi waren auf uns aufmerksam geworden.

„Was ist los?“, rief Sven zu uns herüber.

Mein Bruder fehlte mir gerade noch. „Nichts!“, antwortete ich. Worauf er und Michi prompt auf ihre Limo verzichteten und auf uns zustapften.

„Aha, neue Frisur“, rief Sven Lucy zu. „Toll!“

„Auf deiner Stirn klebt was“, stellte Michi fest, obwohl er noch gut drei Meter von Lucy entfernt war.

Sven sprang auf sie zu und zog das Pickel-Pickerl ab. „Schon weg!“, rief er fröhlich.

Das war zu viel für Lucy. Sie wandte sich um und lief ins Hotel.

„Bravo, super gemacht!“, sagte ich. Es war an alle adressiert. Ich wollte Lucy nachlaufen. Aber als ich mich umdrehte, bemerkten meine Eltern die Delfine an meinem Arm.

„He, bleib stehen!“, befahl mir Papa. „Was hast du denn da?“

Mama fiel fast vom Sessel. „Nein, bitte nicht. Das ist ja eine Tätowierung. Sag, dass es nicht wahr ist!“, stammelte sie.

„Stimmt schon, aber ...“ Ich wollte ihr erklären, um welche Art von Tätowierung es sich handelte. Aber sie unterbrach mich: „Du bist für dein Leben gezeichnet. Ist dir das eigentlich klar?“

„Unsinn. Das hält höchstens ...“

„Das hält immer und ewig. Außer, du lässt es mit Laser wegmachen. Aber sogar dann bleiben dir Narben“, schimpfte Mama weiter.

Papa stand auf und packte mich am Arm. „Wer hat das gemacht?“, fragte er schroff. „Los, sag’s mir!“

„Rashid. Vom Tattoo-Shop im Hotel.“ Irgendwie kam mir die Situation komisch vor, wie sich die zwei aufregten für nichts und wieder nichts. Ich fing an zu kichern.

„Lach nicht!“, keifte Mama.

Papa ließ meinen Arm los. „Den Kerl knöpf ich mir gleich vor. Den zeig ich an!“, sagte er und lief zum Hotel.

Ich lief ihm nach. „Papa, bitte bleib da! Mach kein Aufsehen! Es ist doch nur ...“

Er blieb stehen: „... nur Körperverletzung. Sonst gar nichts“, fiel er mir ins Wort. So böse und sarkastisch hatte ich Papa noch nie erlebt.

„Jetzt übertreibst du aber. Lass es mich doch erklären“, bat ich ihn.

„Was gibt's da noch zu erklären? Der Kerl gehört hinter Gitter. Das ist gemeingefährlich, was er treibt! Du bist noch minderjährig. Ohne unsere Einwilligung hätte er überhaupt nicht ...“

In diesem Moment flog eine Mücke in Papas offenen Mund. Er hustete und spuckte. Ich dankte der Mücke im Stillen für die Gelegenheit, Papa aufklären zu können.

„Es ist doch bloß ein Henna-Tattoo. Verstehst du? Nur mit Farbe aufgemalt. In zwei Wochen ist keine Spur mehr zu sehen!“

Papa hustete noch einmal. Aus Verlegenheit, wie ich annahm.

„Komm mit, ich zeig's dir!“ Ich führte ihn zu Rashids Shop.

Rashid strahlte, als er uns sah. „Papa will auch Tattoo von Henna?“, erkundigte er sich. Vielleicht hübsche Kobra? Oder böse Panther?“

Jetzt musste auch Papa lachen. „Nein, danke!", lehnte er ab.

„Schade", sagte Rashid.

Papa und ich gingen in der Halle an der Rezeption vorbei, als Rashid uns mit einem aufgeschlagenen Musterkatalog nachgerannt kam. „Oder hier: gefährlich Hai mit viele Zähne", bot er an. „Gaaanz billig! Halbe Preis für Sie, weil Tochter auch ..."

„Nein!", sagte Papa. Diesmal etwas energischer.

„Okay. Vielleicht anderes Mal", antwortete Rashid und zog enttäuscht ab.

„Na, dann werde ich jetzt deiner Mutter Entwarnung geben", sagte Papa und ging zum Strand.

Endlich konnte ich mich um Lucy kümmern. Sie lag auf dem Bett und heulte.

„Hör sofort zu weinen auf! Sonst kriegst du noch ganz verschwollene Augen", sagte ich.

„Egal. Ich geh heute sowieso nicht mehr raus!", schluchzte sie.

„Doch, du gehst!", widersprach ich. Dann holte ich Lucys Make-up und überdeckte damit den Pickel. Seltsamerweise ließ sie es sich gefallen.

„Musst nur aufpassen, dass nicht zu viel Wasser draufkommt, sonst ist das Make-up weg."

Lucy stand auf und ging zum Spiegel. „He, das hast du aber super hinbekommen", stellte sie fest.

Um unseren Flirtopfern näherzukommen, beschlossen wir, diesmal nicht den Landweg, sondern den Seeweg zu nehmen. Sah doch wirklich ein bisschen aufdringlich aus, wenn wir dauernd vor ihrer Nase herumrannten. Sie könnten dann glatt annehmen, dass wir ihnen nachliefen. Was ja auch stimmte. Aber merken sollten sie es halt nicht. Wenn wir dagegen im Meer herumplanschten, war das ganz unverfänglich. Jeder hier am Strand tat das. Dass wir dabei dem Meer vor dem Nachbarhotel immer näher kamen, konnte als reiner Zufall ausgelegt werden.

Als weiteres Ablenkungsmanöver sollte Svens Wasserball dienen.

„Wir borgen ihn uns aus und spielen so lange, bis Sandro und Yannick ebenfalls ins Wasser kommen“, schlug ich vor.

„Und dann?“, fragte Lucy.

„Na ja – entweder sie sprechen uns an ...“

„... oder wir sie! Wir laden sie einfach ein, mitzuspielen“, freute sich Lucy.

Voll peinlich!

Natürlich war von den beiden wieder einmal keine Spur zu sehen. Oder doch: Auf Yannicks Liege lag sein Handtuch. Darunter schaute ein Teil des Kopfhörers hervor. An der Strandbar waren sie auch nicht. Doch dann sahen wir einen Katamaran in Richtung Ufer gleiten. Im seichten Wasser sprangen Sandro, Yannick und ein Tunesier herunter. Zu dritt zogen sie den Katamaran in den Sand. Ohne zu den Liegen zurückzukehren, blieben Sandro und Yannick im Wasser.

Das war unsere Chance! Wir taten, als hätten wir sie nicht bemerkt und konzentrierten uns voll aufs Wasserballspielen. Jeder, der uns zusah, musste glauben, wir trainierten für einen olympischen Wettkampf, so intensiv jagten wir dem Ball hinterher.

Sandro und Yannick schwammen inzwischen auf die Bojen zu. Es schien, als wollten sie noch weiter ins tiefe Wasser hinein. Mama hatte uns streng verboten, auch nur in die Nähe der Bojen zu schwimmen. „Bleibt ja dort, wo ihr noch stehen könnt!", hatte sie uns eingehämmert. Sie hatte einmal gelesen, dass Haie selten, aber manchmal eben doch nahe an die Küste herankamen. Ich wollte keinen weiteren Konflikt mit ihr riskieren. Das war mir zu nervig und zu Zeit raubend. Also musste ich rasch handeln. Ich warf den Ball mit voller Wucht so hoch und so weit ich konnte. Er landete einige Meter hinter Lucy und ganz nahe bei Sandro, der auch prompt die Richtung änderte und dem Ball entgegenschwamm.

„Was für ein Glück“, dachte ich. Meine Berechnung war aufgegangen. Dass ich damit nur Lucy den Weg geebnet hatte, stellte sich gleich danach heraus.

Sandro warf Lucy, die näher bei ihm war als ich, den Ball zu.

„Hallo Fotomaus“, begrüßte er sie. Er hatte sie wiedererkannt. Trotz der kurzen Haare. Ich beneidete Lucy um diesen Erfolg.

„Hallo“, antwortete Lucy lächelnd.

„Das warst doch du, die gestern meine Kappe aufgefangen hat, stimmt's?“, fragte Sandro weiter.

„Ja, genau!“

Ich sah Yannick an und versuchte ebenfalls, ins Gespräch zu kommen.

„Hallo, Strandpirat“, begann ich, weil mir nichts Besseres einfiel. Dazu schenkte ich ihm ein Lächeln, das ihn zu einer Antwort ermutigen sollte.

„Hi“, gab er kurz angebunden zurück. Er lächelte zwar nicht dabei, aber wenigstens hatte dieses „Hi“ auch nicht unfreundlich geklungen. Das war ja schon mal was, bei einem so unnahbaren Typen.

„Wolltest du mich nicht auf einen Drink einladen?“,

fragte Sandro Lucy. In Lucys Gesicht ging die Sonne auf. Sie nickte heftig. „Ja, klar!“

„Abgelehnt!“, sagte Sandro. Die Sonne in Lucys Gesicht verschwand hinter einer dicken Wolke düsterer Gedanken. Aber nur für eine Sekunde, denn Sandro lachte und sagte: „Gegenvorschlag: Ich lade dich ein. Komm!“

Er wandte den Kopf in Richtung Strandbar. Lucy drehte sich nach mir um. In ihrem Blick konnte ich so etwas wie eine Entschuldigung erkennen. Na ja, sie konnte ja nichts dafür.

„Nimm den Ball mit, ich schwimme noch eine Runde!“, rief ich ihr zu. Sie nickte und ging mit Sandro zur Bar. Ich drehte mich zu Yannick um, aber der war schon bei den Bojen.

Mir blieb nichts anderes übrig, als zu einer List zu greifen.

„Auuu!“, schrie ich und hüpfte auf einem Bein. Den Fuß des anderen Beins hielt ich mit beiden Händen fest. Aus dem Augenwinkel heraus sah ich, dass Yannick sich zu mir umgedreht hatte.

„Auuu!“, rief ich noch einmal – zur Sicherheit. Und tatsächlich. Was ich kaum noch gehofft hatte, traf ein: Yannick schwamm zu mir. Ich drehte mich so, dass er das Tattoo auf meinem Arm sehen konnte.

„Hast du dir wehgetan?“, fragte er. Der erste Vier-Wort-Satz, den ich von ihm hörte! Ich freute mich irrsinnig, dass er plötzlich so gesprächig war.

„Ja, ich glaube, ich bin auf einen Krebs oder so was gestiegen“, log ich.

„Zeig her!“, sagte er und fasste nach meinem Fuß. Am liebsten wäre ich Yannick um den Hals gefallen. Er hatte ja echt menschliche Züge. Aber ich hielt mich zurück.

„Ich seh nichts!“, stellte er fachmännisch fest. Kunststück, wo es doch auch gar nichts zu sehen gab.

„Höher!“, sagte er und meinte damit, dass ich meinen Fuß komplett aus dem Wasser heben sollte. Ich versuchte es.

In diesem Augenblick kam eine kräftige Welle und warf uns beide um. Mich, weil ich mich auf einem Bein nicht gegen die Wucht des Aufpralls der Wassermassen wehren konnte. Yannick, weil ich und auch die Welle ihn mitrissen.

Wir rappelten uns hoch und mussten plötzlich beide lachen.

Es war ein sehr befreiendes Lachen, das das Eis zwischen uns zum Schmelzen brachte. Besser gesagt, das Eis auf seiner Seite. Auf meiner war ja keins.

Doch dann griff er ins Wasser und zog ein rosafarbenes Stück Stoff heraus. Erstaunt breitete er es auseinander und schwenkte es genüsslich vor sich her, als er erkannte, was es war. „Du hast was verloren“, sagte er und grinste.

Mir stockte der Atem. Die Welle hatte einen der beiden Slips aus meinem Bikini-Oberteil herausgeschwemmt.

Im ersten Moment war ich wie versteinert. Noch nie in meinem Leben war mir etwas so peinlich gewesen wie das hier. Am liebsten wäre ich mit der nächsten Welle abgetaucht, um mich ans andere Ende der Welt spülen zu lassen. Warum musste ausgerechnet mir so etwas passieren? Noch dazu, wo gerade alles so gut lief.

„Der gehört nicht mir!“, antwortete ich wahrheitsgemäß. Dabei spürte ich, wie mir das Blut in die Wangen schoss. Blitzschnell nahm ich ihm den Slip aus der Hand.

„Der auch nicht?“, fragte Yannick und zeigte auf den Zipfel des anderen Slips, der aus dem zweiten Bikinikörbchen ragte.

„Nein!“, rief ich und lief weg, so schnell es der Widerstand des Wassers zuließ.

Er lachte hinter mir. „Ich glaube, dein Fuß ist wieder okay, oder?“, rief er mir nach. Ich gab keine Antwort und rannte weiter. Ich glaubte zu spüren, wie Yannicks Blicke sich in meinen Rücken bohrten. Was würde er jetzt von mir denken? Dass ich eine notorische Lügnerin war? Logisch, was sonst? Ausgestopfter BH: Vortäuschung falscher Tatsachen. Krebszangen am Fuß: erstunken und erlogen. Dass die Slips nicht mir gehörten, entsprach zwar der Wahrheit, klang aber nach dem Gegenteil. Wer stopft sich schon fremde Slips in den Ausschnitt?

Eins war klar: Es war aus und vorbei. Bei Yannick hatte ich keine Chance mehr. Lucy war verdiente

Siegerin. Überhaupt war mir die Lust aufs Flirten gründlich vergangen. Ich lief zu unserem Strand zurück, versteckte die Slips in meiner Badetasche und versuchte, die Blamage aus meinem Gedächtnis zu verdrängen.

„Das ist aber nett, dass uns unser Fräulein Tochter einmal besuchen kommt", ätzte Mama.

Papa kam mit Sven und Michi von der Strandbar zurück. Jeder hatte einen Becher voll Erdbeereis in der Hand. „Magst du auch eines?", fragte Papa und hielt mir seinen hin.

Ich lehnte dankend ab. Für heute hatte ich den Hals gestrichen voll von allem, was rosafarben war.

„Papa fährt mit uns Ruderboot", erzählte Sven. „Kommst du mit oder gehst du wieder zu diesem Yannick?"

„Yannick? Wer ist Yannick?", fragte ich zurück. Sven sah mich an, als käme ich von einem anderen Stern.

„Na, der mit dem du grad ..."

„Ich kenne keinen Yannick!", schnitt ich ihm das Wort ab. Hatte diese kleine Wanze Lucy und mir doch tatsächlich wieder nachspioniert! Und natürlich unseren Eltern davon berichtet. Sie hatten nicht gefragt, wo wir so lang gewesen waren, also wussten sie es. Ich war Papa dankbar, dass er mit Sven und Michi Eis geholt hatte, so hatte wenigstens keiner von ihnen das unrühmliche Ende mitbekommen. Mama hatte auch nicht immer aufgepasst, weil sie mit einem Sudoku-Rätsel beschäftigt war.

„Wenn wir jetzt Ruderboot fahren, versäumen wir die Reisebetreuerin. Die kommt um siebzehn Uhr ins Hotel wegen der Ausflüge“, erinnerte ich Sven.

„Heißt das, du hast dich doch für den Ausflug entschieden?“, vergewisserte sich Papa.

Na klar, diese Gelegenheit, auf andere Gedanken und aus Yannicks Dunstkreis wegzukommen, konnte ich mir doch nicht entgehen lassen!

„Ein bisschen Kultur zwischendurch kann nicht schaden“, erklärte ich Papa meinen Sinneswandel. Das machte ihn total happy. Er legte seinen Arm um meine Schulter und drückte mir einen Kuss auf die Stirn.

„Kluges Mädchen!“, sagte er stolz.

Lucy hatte inzwischen gemerkt, dass zwischen Yannick und mir etwas nicht stimmte. Als Yannick sich auf seine Liege setzte und wieder Musik aus seinem MP3-Player hörte, verabschiedete sie sich von Sandro und kam zu uns herüber.

„Was ist los?“, fragte sie.

„Erzähl ich dir später“, sagte ich. „Jetzt gehen wir Ausflug buchen.“

Lucy starrte mich entgeistert an.

Rauf und runter

Lucy war alles andere als begeistert von dem Ausflugsplan. „Warum tust du mir das an?“, fragte sie, als wir in unserem Zimmer waren.

Ich erzählte ihr, wie ich mich bis auf die Knochen vor Yannick blamiert hatte und bat sie, diesen Namen nie mehr zu erwähnen und überhaupt die ganze Geschichte mit unserer Wette von A bis Z zu vergessen.

Aber Lucy dachte nicht daran. „Du bist mir eine schöne Freundin! Weil es dir nicht in den Kram passt, soll ich auf Sandro verzichten?“, maulte sie.

„Wer sagt das? Du kannst ihn ja weiter anbraten, wenn's dir Spaß macht. Nur für mich ist die Sache erledigt. Kapiert? Du hast gewonnen, ich hab verloren – so einfach ist das!“

„Na toll!“ Lucy schnappte nach Luft: „Ich hab mich ärger abgestrudelt als die fleißigste Spinne und ausgerechnet jetzt, wo mein Netz fertig ist und Sandro sich drin verfangen hat, wollt ihr mich auf einen Ausflug mitschleppen?“

„Kannst ja übermorgen weiterspinnen“, sagte ich.

„Das ist total unfair!“

„Frag halt meine Eltern, ob du dableiben kannst“, schlug ich vor.

„Pfff!“, schnaubte Lucy.

Wir wussten ja beide, dass Mama und Papa das nicht erlauben würden.

„Tut mir leid. Für Karthago – Tunis – Sidi Bou Saïd ist leider kein Platz mehr frei“, teilte Frau Annette, die Reisebetreuerin, mit.

„Oh!“, sagte Papa enttäuscht.

Lucy grinste zufrieden vor sich hin.

„Aber wie wär's mit einem Kamelritt – halbtägig?“, fragte Frau Annette.

„Gebongt!“, rief Sven.

„Alle einverstanden?“, erkundigte sich Papa und sah von einem zum anderen. Na klar! Kamelreiten war sowieso viel lustiger als Ruinenschauen. Wir nickten. Auch Lucy.

„Wir haben zwar ausgemacht, dass wir uns morgen Vormittag wieder treffen. Aber es schadet bestimmt nicht, wenn ich ihn einen halben Tag zappeln lasse!“, meinte Lucy leise zu mir.

Am nächsten Morgen wurden wir um neun Uhr abgeholt.

„So ein großer Bus ganz für uns allein?“, staunte Sven.

Karim, der Reiseleiter, schüttelte den Kopf. „Nein, kommen noch Leute aus anderen Hotels dazu“, erklärte er.

Wir setzen uns in die vorletzte Reihe. Als der Bus gleich beim nächsten Hotel wieder anhielt, erschrak ich: Mitten in der Gruppe von etwa zehn Leuten warteten Sandro und Yannick. So ein Mist! Da bucht man extra einen Ausflug, um den beiden nicht in die Quere zu kommen, und irgend so ein blöder Zufall mischt sich ein und wirft alles über den Haufen.

„Mir ist schlecht!“, sagte ich.

„Hab ich dir nicht gleich gesagt, du sollst nicht so viel von diesen süßen, klebrigen Blätterteig-Dingern essen, bevor wir mit dem Bus fahren?“, meckerte Mama.

„Und auf dem Kamel, da wirst du noch mehr durchgerüttelt“, sagte Sven. Er wackelte auf seinem Sitz wie auf einem Kamel auf und ab und kicherte.

Ich stand auf und wollte aussteigen, bevor mich Sandro und vor allem Yannick sahen.

„Warte, ich habe was gegen die Reisekrankheit eingesteckt!“, sagte Mama und kramte in ihrer Handtasche. Wie immer hatte sie unsere gesamte Reiseapotheke bei sich. Na ja, die Handtasche war groß genug ...

„Oder setz dich weiter vorn hin, da schaukelt es nicht so!“, meinte Papa.

„Lasst nur, es geht schon wieder!“, beruhigte ich meine Eltern.

Für eine Flucht war es inzwischen auch zu spät. Die ersten Leute stiegen bereits zu. Zuerst zwei Herren mit Glatze, dann zwei ältere Damen, anschließend Yannick und Sandro.

Zum Glück hatte ich mir einen Fensterplatz auf der linken Seite ausgesucht. Ich schaute angestrengt auf die vorbeifahrenden Autos und auf die Feigenkakteen am Straßenrand dahinter und hoffte, dass Yannick mich nicht entdecken würde. So wie kleine Kinder die Augen zumachen und glauben, dass sie nicht gesehen werden, weil auch sie nichts sehen.

Ja gut, mir war schon klar, dass eine Begegnung nicht zu vermeiden war. Aber Sandro und Yannick könnten sich ja ganz vorne hinsetzen, ohne sich umzudrehen. Dann hätte ich wenigstens während der Fahrt meine Ruhe.

„Hallo Sandro! Hallo Yannick!“, rief Lucy, kaum dass die beiden im Bus waren. So was von unsensibel. Als meine Freundin hätte sie doch merken müssen, was in mir vorging.

„He, Strandratte!“, grüßte Sandro. Damit meinte er Lucy. „Na, das ist vielleicht eine Überraschung.“ Er winkte uns zu und stieß Yannick an. Yannick sah her.

Ich duckte mich rasch hinter den älteren Herrn, der vor mir saß, und beobachtete angestrengt eine Fliege, die soeben auf seinem Hinterhaupt gelandet war.

„Hi“, sagte Yannick. Mehr nicht.

Vorsichtig drehte ich meinen Kopf so, dass ich zu ihm hinblinzeln konnte. Als ich sah, dass sich Yannick und Sandro Plätze ganz vorne gesucht hatten, atmete ich erleichtert auf. Und gleichzeitig wurmte es mich fürchterlich!

Nach ungefähr einer Stunde Fahrt erreichten wir unser Ziel: Ein Stück Wüstenlandschaft lag vor uns, darin verstreut vereinzelte Grasbüschel. Eine Gruppe von Kamelen und ihre Treiber erwarteten uns. Genau genommen waren es Dromedare, also Kamele mit nur einem Höcker. Aber alle hier nennen sie einfach Kamele.

Beim Aussteigen fiel mir auf, dass die blonde Heuschrecke von der Strandbar mit von der Partie war. Sie musste als Nachzüglerin eingestiegen sein, als ich mich versteckt hatte. Yannick streckte ihr sogar die Hand entgegen, um ihr aus dem Bus zu helfen! Aus der Nähe sah sie noch älter aus. Deshalb also waren die beiden vorne sitzen geblieben. Sie – vor allem Yannick – hatten Besseres zu tun, als mit uns zu quatschen. Jetzt war mir alles klar. Vor allem, warum Yannick so abweisend auf mich reagierte. Er war total in diese komische alte Nudel verknallt. Abartig, so was! Na ja, konnte mir jetzt auch egal sein ...

„Das ist seine Mutter", flüsterte Lucy mir zu.

Ich war nicht sicher, ob ich sie richtig verstanden hatte. „Mutter? Von Yannick?", fragte ich.

„Ja. Und die von Sandro auch. Er hat sie mir gestern vorgestellt. Die beiden sind Brüder."

„Und wieso erfahre ich das erst jetzt?"

„Gestern Abend warst du ja nicht ansprechbar", entgegnete Lucy.

Da hatte sie Recht. Mein Interesse für die beiden hielt

sich auch heute in engen Grenzen. Überhaupt was Yannick betraf.

„Und wer von den beiden Glatzköpfen ist ihr Vater?" Mir war aufgefallen, dass die beiden Glatzköpfe aus der Hotelanlage dicht bei der Sandro/Yannick-Mutter standen und sich sehr intensiv mit ihr unterhielten. Ich fragte das nur der Vollständigkeit halber.

„Keiner. Die Eltern sind geschieden. Die Mutter ist allein mit ihnen hergeflogen."

Wenn sie seine Mutter ist, dann müsste sie so um die Mitte dreißig sein, rechnete ich nach. Sie sah mindestens zehn Jahre jünger aus. Tolle Frau!

Sven und Papa saßen bereits auf einem Kamel. Sven vorne, Papa dahinter. „Yippi-eh! Das ist irr lustig!", schrie Sven mir von oben zu. Die übrigen Kamele warteten noch im Sand.

Auf das nächste Kamel stieg eine der beiden älteren Damen. Besser gesagt, wurde sie von zwei Burschen in tunesischer Tracht – weiße Flatterhosen, loses Hemd, rote ärmellose Jacke – hinaufgeschubst. Als das Kamel aufstand, wurde sie zuerst nach vor, dann zurückgeschleudert.

„Hiiilfe! Ich will runter! Sofort!", verlangte sie kreischend. Sven lachte sich krumm und schief, obwohl Papa sich bemühte, ihn zum Schweigen zu bringen.

Karim, unser Reiseleiter, konnte nur mühsam seinen

Unmut verbergen. Gemeinsam mit den beiden Burschen versuchte er, das Tier durch gutes Zureden und mit barschen Befehlen wieder zum Niederknien zu bewegen.

„Wenn Kamel steht, es will laufen. Ist sehr schwer für Kamel, sofort wieder setzen“, erklärte Karim uns allen.

„Runter!“, kommandierte die Frau. Sie kannte kein Erbarmen.

Das Kamel knurrte unwillig, dann stieß es einen langen, blökenden Laut aus. Eigentlich war es eine Mischung aus dem Meckern einer Ziege und dem Gebrüll eines Löwen. Speichel tropfte aus seinem Maul. Endlich kniete es sich wieder nieder. Das ging natürlich auch nicht ohne gellende Hilfeschreie seitens der Reiterin ab.

„Der Klügere gibt nach“, rief Sven, laut genug, dass alle es hören konnten. Recht hatte er! So eine verrückte Ziege. „Lucy und mir kann so etwas nicht passieren“, dachte ich. „Elegant und schwungvoll wie die Wüstenprinzessinnen in den Abenteuerfilmen würden wir aufsteigen und der Sonne entgegenreiten ...“

Die beiden Burschen hatten die Aufgabe, das zornige Kamel wieder zu besänftigen. Die hatten’s auch wirklich drauf! Einige Minuten später saß einer der Glatzköpfe aus unserer Gruppe auf seinem Rücken und es machte keinen Mucks mehr.

Dann wurde es spannend: Karim führte Lucy und mich zu einem Kamel mit ganz hellem, fast weißem Fell.

Karim hatte nichts dagegen, dass wir es kurz am Kopf kraulten. Es blinzelte uns freundlich an.

Das Aufsitzen klappte super. Mit einem Schwung saß Lucy im Sattel.

„Toll!“, rief Sandro, der ihr dabei zugesehen hatte, und hielt den Daumen in die Höhe. Einer der jungen Treiber wollte mir helfen, aber ich lehnte dankend ab. Obwohl ich es schwerer hatte als Lucy, weil ich hinter ihr sitzen sollte und mich nur an ihr festhalten konnte.

Niemand lobte mich. Bisher hatte ich es vermieden, zu Yannick hinzusehen. Aber jetzt war ich doch neugierig, ob er mir zuschaute. Nein, er schaute nicht her. Er unterhielt sich mit Karim.

„Okay, es kann losgehen“, sagte ich.

Wir waren darauf vorbereitet, dass es uns ordentlich durchbeuteln würde, wenn das Kamel aufstand.

„Hast du das Seil fest genug in der Hand?“, fragte ich Lucy.

„Klar, keine Sorge“, antwortete sie. Ich hielt mich an ihren Hüften fest.

„Klammeraffen! Klammeraffen!“, spottete Sven.

„Halt die Klappe!“, rief ich ihm zu. Das hätte ich nicht tun sollen. Vor allem hätte ich mich dabei nicht zu ihm hindrehen sollen. Denn im nächsten Moment streckte unser Kamel die Hinterbeine hoch. Lucy und ich kippten mit einem heftigen Ruck nach vorne. Ich verlor das

Gleichgewicht und rutschte an der Flanke des Tiers herunter. Und weil ich mich noch immer an Lucy festhielt, rutschte sie mit. Der Treiber versuchte, uns irgendwie aufzufangen. Ein zweiter Bursche kam dazu und half ihm.

„Noch mal! Nicht aufgeben!“, ermunterte er uns. Ich wunderte mich immer wieder, wie gut die Tunesier deutsch sprachen.

Auch Mama kam angerannt. „Habt ihr euch wehgetan?“, fragte sie besorgt.

Nein, hatten wir nicht. Mit vereinten Kräften hievten uns die Treiber wieder in den Sattel. Und dann – volle Konzentration! – kam der nächste, noch stärkere Ruck: Das Kamel streckte auch die Vorderbeine und stand auf. Geschafft! Wir thronten in gut zwei Metern Höhe über dem Erdboden auf unserem Wüstenschiff.

Das weiße Kamel mit Lucy und mir am Rücken führte die Karawane an. Sven kicherte, weil die Tiere so lustig hin und her schaukelten. „Das kommt daher, weil sie gleichzeitig mit den beiden rechten Beinen und dann gleichzeitig mit den beiden linken vorwärtsgehen“, erklärte uns Papa. „Das nennt man auch Passgang“, fügte er hinzu.

Langsam ließen wir die grassteppenartige Wüste hinter uns. Es gab nur noch feinen, weichen, goldenen Sand. Kein Laut war mehr zu hören. Es war absolut still. Sogar

Svens Kichern war verstummt. Nur hin und wieder schnaubte leise ein Kamel, wenn Sandkörner es in der Nase kitzelten. Ich spürte plötzlich ein Gefühl unendlicher Freiheit und schwebte irgendwo zwischen dem Boden, der tief unter mir lag, und dem Himmel in einem Wachtraum. Ich hatte die ganze Welt hinter mir gelassen, mit Yannick und allen anderen Problemen. Es gab nur die Sonne, die Wüste, das weiße Kamel, den jungen tunesischen Treiber, der uns begleitete, und Lucy. Schöööön!

Aber wie alles Schöne ging auch dieser Ritt viel zu rasch zu Ende. Der Bus wartete schon auf uns. Wir stiegen ab und vertraten uns ein wenig die Füße. Die Geräusche fahrender Autos auf der Straße, die Rufe der Händler, die an einigen Ständen Andenken an die Touristen verkauften, die aufgeregten Stimmen der nächsten Reisegruppe hallten in meinen Ohren. Die Wirklichkeit hatte uns wieder. Die zehn Minuten Pause bis zur Abfahrt nützte ich, um noch rasch ein wenig die Stille und die Einsamkeit der Wüste zu genießen. Etwas abseits der Gruppe entdeckte ich ein wunderschönes, gedrehtes Gehäuse einer Muschel. Hier, in der Wüste. Unglaublich! Dann fiel mir ein, dass ich einmal im Fernsehen eine Sendung über die Sahara gesehen hatte. Sie war nicht immer so öd und trocken gewesen wie jetzt. Vor langer, langer Zeit war da fruchtbares Land und noch früher Meer. Die Muschel musste also aus dieser Zeit stammen. Wir befanden uns nicht direkt in der

Sahara. Dieser wüstenhafte Landstrich war höchstens ein Ausläufer. Aber trotzdem ... Die Muschel lag bei einem Grasbüschel. Ich bückte mich danach und hob sie auf. War schon ein eigenartiges Gefühl, so ein uraltes Ding in der Hand zu halten. Total aufregend! In diesem Augenblick packte jemand von hinten meinen Arm. Ich zuckte zusammen.

„Geh weg da! Rasch!", rief dieser Jemand und zog mich fort. Es war Yannick.

„Lass mich in Ruhe!", pfauchte ich ihn an und riss mich los. Damit hatte er nicht gerechnet. Er sah mich erstaunt an, drehte sich dann wortlos um und ging.

Karim hatte uns beobachtet. Er kam auf mich zu. „Gras ist gutes Versteck für Giftschlangen", erklärte er.

Ups! Warum nur musste mich Yannick immer wieder in Verlegenheit bringen? Es tat mir leid, dass ich ihn so schroff abgefertigt hatte.

Während der Rückfahrt wartete ich vergeblich darauf, dass er einmal zu mir hersah, damit ich ihm zulächeln konnte, sozusagen als Entschuldigung. Aber er blickte immer demonstrativ in eine andere Richtung oder trommelte auf der Derbouka, der tunesischen Trommel, die er bei einem der Händler gekauft hatte.

Fun & Sun

Am Nachmittag wollte ich einfach nur chillen, sonst nichts. Ich legte mich auf die Liege neben meine Eltern.

Lucy schaute nur kurz vorbei: „Ich geh mit Sandro paddeln", sagte sie. Die Glückliche! Sandro war so unkompliziert. Ich beneidete sie. Das Paddeln würde die beiden sicher einen Schritt näherbringen ...

Papa hatte ein kleines Radio mitgebracht. „Come On Over, Have Some Fun ...", tönte daraus eine fröhliche Stimme. Dann winselte sie was von „summer feeling". Widerlich! Ich versuchte, wegzuhören. Es gelang nicht.

„Come On Over, Have Some Fun ... *Fun ... FUN*", dröhnte es in meinem Kopf wie ein Echo.

Woran lag es, dass ich nicht in der Stimmung für „fun" war? „An Yannick", antwortete ich mir selbst. Logisch! Er war so cool, so eiskalt, dass mir die Gänsehaut kam, wenn ich an ihn dachte. Oder lag es doch an mir? Ich dachte an die ältere Dame, die als Einzige beim Bus zurückgeblieben war. Sie wollte einmal in ihrem Leben auf einem Kamel reiten, aber sie hatte bei der geringsten Schwierigkeit aufgegeben. Wenn sie wüsste, was sie verpasst hatte!

Und mir dummer Kuh würde es ähnlich gehen. Was hatte ich mir denn vorgestellt? Wenn Yannick auf supercool machte, konnte mir das doch piepegal sein. Was wollte ich denn schon groß von ihm? Einen Kuss, sonst nichts. Einen vollkommen harmlosen, unverbindlichen Kuss. Nur so zum Spaß. Genau: Spaß haben wollte ich. Zusammen mit Lucy. Deshalb hatten wir uns auch das mit der Wette ausgedacht. Lucy hatte schon ihren Spaß. Und wenn ich nicht ganz rasch etwas unternahm, würde ich hier versauern. Und neidisch sein auf Lucy, die den Urlaub in vollen Zügen genoss. Wollte ich das wirklich?

„Come On Over, Have Some Fun ..."

Ich riss mich zusammen und stand auf. Nein, einfach so zum Nachbarstrand hinübergehen und mich vor Yannick aufpflanzen, das konnte ich nicht. Was, wenn er nichts mehr von mir wissen wollte? Konnte ich ihm nicht verübeln. Aber wenn er es mir ins Gesicht sagte, dann wäre der Urlaub für mich gelaufen. Schluss mit lustig. Also musste ich mir etwas anderes überlegen.

Ich ging aufs Zimmer und schrieb ein paar Zeilen auf einen Zettel:

„Hallo, Yannick, tut mir leid wegen gestern.
War nicht bös gemeint. Wenn du Lust hast,
mit mir zu quatschen, und mich näher kennen
zu lernen, ruf mich am Handy an. Ciao,
Michelle."

Dann schrieb ich noch meine Handynummer dazu und steckte den Zettel in ein Kuvert. „An Yannick“, vermerkte ich noch darauf. Kaum war ich fertig, kam Sven ins Zimmer.

„Du, Michelle, ... borgst du mir deine Digitalkamera?“, fragte er.

Er kam wie gerufen!

„Gern. Wenn du mir dafür einen kleinen Gefallen tust ...“

Ich erklärte ihm, dass er das Kuvert auf Yannicks Liege deponieren sollte, wenn Yannick gerade nicht da war.

„He, dauernd muss ich jemandem einen Gefallen tun! Ich bin auf Urlaub da“, maulte er.

„Digi-Kamera ja oder nein?“, fragte ich.

„Okay, überredet“, gab er sich geschlagen.

Aus Angst, das Handy würde klingeln, wenn ich gerade nicht in der Nähe wäre, ging ich nicht ins Wasser. Ich legte mich unter dem Sonnenschirm auf die Liege, borgte mir von Mama eine Zeitschrift aus und tat, als würde ich darin lesen. Hin und wieder warf ich einen verstohlenen Blick in Richtung Yannick, der mit Lucy, Sandro und einem Dutzend anderer junger Leute Beachvolleyball spielte. Sven hatte den Umschlag mit meiner Nachricht bereits in einem unbeobachteten Moment unter Yannicks Badetuch geschoben. Urgeschickt hatte er sich dabei angestellt. Wie einer dieser Superagenten im Film. Hatte sich kurz auf die Liege gesetzt – ein Handgriff und schon war der Brief dort, wo ich ihn haben wollte. Ich war total stolz auf meinen Bruder. Auf ihn war Verlass!

Endlich war das Ballspiel zu Ende. Gespannt wartete ich auf das, was jetzt kommen würde. Lucy lief ins Meer, um sich abzukühlen. Yannick und Sandro steuerten auf ihre Plätze am Strand zu. Mein Herz tanzte Rock'n'Roll, meine Gedanken schwirrten durcheinander wie ein aufgescheuchter Wespenschwarm. Ich spürte, wie mein Gesicht vor Aufregung rot anlief.

Da! Jetzt schob Yannick das Handtuch zur Seite und –

„Michelle! Du hast ja fast schon einen Sonnenbrand", rief Mama entsetzt. „Creme dich rasch ein!"

Ausgerechnet jetzt fiel ihr das auf. Es war zum Verrücktwerden.

„Ja, gleich!", knurrte ich und sah wieder zu Yannick. Er hatte das Kuvert geöffnet und hielt den Zettel in der Hand. Warum sah er denn so komisch drein, während er ihn las? Er hielt Sandro den Zettel hin und beide lachten. Was, bitteschön, gab's denn da zu lachen? „Die spinnen, die beiden", dachte ich. Und wozu hatte Yannick meinen Brief Sandro gezeigt? Was ging Sandro denn das an?

Yannick stand auf und ging … zu einem Tonkrug, der am Strand für Abfälle aufgestellt war, und warf den Brief samt Umschlag hinein. Auch eine Antwort! Jetzt wusste ich wenigstens Bescheid. Das Flirtabenteuer konnte ich mir endgültig abschminken.

Oder doch nicht? Yannick hatte wohl kaum sein Handy zum Strand mitgenommen. Da war nur sein MP3-Player, aus dem er jetzt wieder Musik hörte. Aber er war sicher clever genug, um sich meine Handynummer auswendig zu merken. Klar! Das war's! Er würde mich später anrufen. Oder vielleicht sogar zu mir herüberkommen, um mit mir persönlich zu reden. Oder warten, bis ich schwimmen ging. Ja, sicher wartete er darauf. Meine Eltern wirkten abschreckend. Logisch! In ihrer Gegenwart konnten wir ein so heikles Thema unmöglich besprechen.

Aber so sehr ich mich auch danach sehnte, Yannick kam nicht zu mir ins Wasser, er kam nicht zu mir herüber und er rief auch nicht an. Den ganzen langen Abend nicht!

Dumm gelaufen

Am nächsten Vormittag nervten mich Lucy und Sandro gewaltig. Die beiden hüpften über die Wellen, lachten und alberten herum. Sandro hob Lucy hoch und ließ sie ins Wasser gleiten, ohne sie loszulassen. Fünf Mal hintereinander! Lucy quietschte vor Vergnügen und klammerte sich an seinem Nacken fest. So was von kindisch!

Dann kam Lucy zu mir gelaufen: „Du, Michelle, ich glaub, bis heute Abend habe ich ihn so weit."

„Ah ja?", antwortete ich möglichst lässig, als wäre mir das völlig egal.

„He, mach doch nicht so ein Gesicht", rief sie und war schon wieder verschwunden.

„Was hat Lucy, das ich nicht habe?", fragte ich mich. Meine Antwort war: „Sie geht aufs Ganze. Rückschläge ignoriert sie einfach."

Und dann packte mich eine Art sportlicher Ehrgeiz. Ich würde ihr den Wettsieg wegschnappen! Yannick, diese harte Nuss, musste doch irgendwie zu knacken sein!

Im Augenblick allerdings war er wieder einmal verschollen. „Wenn ich meinen Rückstand aufholen will, muss ich Gas geben", dachte ich. Ich beschloss, zum Nachbarstrand zu gehen, und mich auf Yannicks Liege zu setzen und so lange zu warten, bis er auftauchte.

Unterwegs wurde ich aufgehalten. Von einem winzigen Etwas mit rötlichem Fell, das unter einer Palme saß und jämmerlich miaute. Ein Kätzchen. Wahrscheinlich hatte es sich verlaufen. Ich ging vorsichtig zu ihm und streichelte es. Es zitterte und rührte sich nicht. Ich nahm es in die Hand. „Keine Angst, ich bringe dich zu deiner Mama“, sagte ich zu dem kleinen Fellbündel.

„Hätt ich gar nicht gedacht von dir, dass du so ein weiches Herz hast“, sagte jemand hinter mir. Es war Yannick!

„Wie hast du mich denn eingeschätzt?“, fragte ich.

„Willst du das wirklich wissen?“, fragte er zurück.

„Nein, nicht wirklich“, dachte ich. Mir dämmerte schon, was für ein Bild er sich von mir gemacht hatte. „Du hast mich sicher für zickig und oberflächlich gehalten. Stimmt's?“

Yannick antwortete nicht. Er schmunzelte nur.

Ja, tatsächlich, er SCHMUNZELTE! Bis jetzt hatte es bei ihm höchstens zu einem schwachen Grinsen gereicht.

„Hoffentlich finden wir die Katzenmutter!“, lenkte er ab.

Er hatte „WIR“ gesagt!!! Und – oh Wunder! – er begleitete mich auf der Suche. Es gab mehrere Katzen, die im Garten des Hotels umherschlichen. Aber nur eine, die kläglich miaute. Das kleine Kätzchen in meiner Hand miaute zurück und wurde unruhig. Wir setzten es neben die Katze, die das Kleine sofort liebevoll abschleckte.

„Danke!“, sagte ich zu Yannick. Wie selbstverständlich gingen wir beide zu seiner Liege an den Strand.

„Hast du deswegen nicht auf meine Nachricht reagiert, weil du mich für eine dumme Gans gehalten hast?“, fragte ich.

Yannick machte ein erstauntes Gesicht. „Der Zettel war von *dir*?“

„Ja klar. Warum hast du ihn weggeworfen?“

„Weil ich keine Ahnung hatte, was das sollte.“

„Das war doch wohl eindeutig“, sagte ich verärgert.

„Nein, wieso? Die Sachen kriegst du doch alle im Supermarkt. Wozu brauchst du da mich?“

Ich verstand nur Bahnhof. „Wovon redest du?“, fragte ich.

„Na von deiner Einkaufsliste: Sonnencreme, Zahnpasta und so.“

Ich schaute ihn verständnislos an.

„Klingelt's noch immer nicht?“, fragte Yannick.

Doch, es klingelte. „Ich komm gleich wieder“, sagte ich.

Sven schwor, dass er keine Ahnung hätte, wie der Einkaufszettel in den Umschlag gekommen wäre. Und natürlich hatte er auch keinen Schimmer, wo meine Nachricht geblieben war.

„Ich hab den Brief genommen und deinem Yannick auf die Liege gelegt!“, beteuerte er.

Als ich nicht locker ließ, gestand er, dass er „einen kleinen Umweg“ über sein Zimmer genommen hätte.

„Na ja, das Kuvert war offen und da dachte ich, du hättest nichts dagegen, wenn ich den Brief lese“, meinte er zerknirscht.

Stimmt, in der Eile hatte ich vergessen, den Umschlag zuzukleben.

„Und dann ist Mama ins Zimmer gekommen und da hab ich ihn schnell unter ihre Zeitschriften gelegt. Sie muss ja nicht alles wissen. Hab ich doch gut gemacht, oder?“

„Und weiter?“

„Als sie wieder weg war, hab ich den Zettel genommen und in den Umschlag gesteckt.“

Und dabei hatte er Mamas Urlaubs-Checkliste erwischt, die irgendwie zwischen die Zeitschriften geraten war. Super! Und so was Schusseliges wollte einmal Detektiv werden! Von schlechtem Gewissen geplagt, rannte Sven zu Mama und holte den Zimmerschlüssel, damit ich meine ursprüngliche Nachricht aus ihrem Zeitschriftenstoß entfernen konnte.

Ich zeigte sie Yannick. „Interessiert?“, fragte ich, während er die Notiz las.

„Hm. Ja, warum nicht?“, antwortete er. „Wir können uns aber auch gleich hier unterhalten, wenn du magst – ohne Handy“, sagte er.

„Super!“, sagte ich schnell. Denn diese Gelegenheit musste ich doch gleich beim Schopf packen. So wie der Typ gebaut war, überfiel ihn die Plauderlaune sicher nur alle paar Jahre einmal.

„Was treibst du denn so, wenn du nicht gerade Urlaub machst?“, erkundigte ich mich.

„Lernen“, antwortete er.

„Macht dir die Schule Spaß?“

„Ja schon – irgendwie“, sagte er. Er sah nicht gerade aus wie ein Streber, deshalb überraschte mich diese Antwort doch ein bisschen.

„Und dir?“, fragte er mich.

„Kommt drauf an. Mathe und Chemie gehen mir schwer auf die Nerven. Aber Geografie gefällt mir ganz gut. Am liebsten mag ich Biologie. Ich hab Tiere nämlich furchtbar gern. Ich wollte sogar einmal Tierärztin werden.“

„Echt?“

„Ja. Aber inzwischen hab ich mir's überlegt. Das dauert zu lang. Da bin ich ja eine alte Schachtel, bevor ich mit dem Studium fertig bin. Ich werde lieber Model und reise um die Welt. Das stell ich mir total cool vor!“

„An die Spitze kommen, das schaffen nur die wenigsten“, wandte Yannick ein.

„Ich weiß. Aber es ist halt mein Traum! Wär doch urtoll: Frühstück in Paris, danach ein bisschen Fotoshooting für eine trendige Modezeitschrift ... Mittagessen in New York, danach vor den Reichen und Superreichen am Laufsteg trippeln ... und am nächsten Tag dasselbe am Strand von Rio."

Yannick sah mich komisch an.

„Du glaubst mir nicht, oder?"

„Tja, wer weiß ...", orakelte er.

„Genau. Wer weiß schon, was die Zukunft bringt. Aber eines sag ich dir: Wenn man ernsthaft was will, dann klappt es auch."

„Ich wünsch dir viel Glück!" Klang das irgendwie spöttisch oder bildete ich es mir nur ein?

„Danke!", sagte ich, ebenfalls mit einer Spur Ironie. „Hast du keine Träume?", fragte ich dann.

„Doch. Aber die sind leichter zu verwirklichen." Er lächelte mich an, während er das sagte.

Ich überlegte kurz … Lächelte er amüsiert, weil er meinte, dass mein Traum unerfüllbar und naiv wäre? Oder lächelte er geheimnisvoll, weil sein Traum etwas mit mir zu tun hatte? War er dabei, mir seine Freundschaft anzubieten? Ich entschied mich, an die zweite Möglichkeit zu glauben. „Und wie sehen deine Träume aus?", fragte ich.

„Ich spiele Schlagzeug und bin gerade dabei, eine Band zu gründen", antwortete er und zerstörte damit meine romantischen Gedanken. Ich ließ mir meine Enttäuschung nicht anmerken und erzählte ihm in Kurzfassung so ziemlich alles über mich, was mir einfiel. Eine Stunde später wusste er, was ich am liebsten esse, wer meine Lieblingsfilmstars sind, warum ich so gerne mit Lucy in der Stadt shoppen gehe und ... und ... und ...

Dafür erzählte mir Yannick, dass er später auf die Uni gehen wollte, dass er sich aber noch nicht entschieden hätte, welche Fächer er studieren wollte. Ich war ganz hin und weg, dass er sich herabgelassen hatte, so lange mit mir zu plaudern.

Ja gut, ich gebe zu, dass die ganze Zeit fast nur ich geredet habe. Ich bin nun mal ein Plappermaul und Yannick ist der große Schweiger. Aber Schweiger sind fantastische Zuhörer!

Und dann überraschte er mich noch mit einer Einladung: „Heute Abend gibt's hier eine Beachparty mit Live-Band. Komm doch rüber, wenn du magst!“

Das war der Oberhammer! Am liebsten wäre ich ihm gleich um den Hals gefallen. Aber ich hielt mich zurück. Die Nacht war ja noch lang ...

Es gefiel mir gar nicht, dass Lucy plötzlich mit Sandro angerannt kam.

„Kommt mit! Wir fahren mit dem Bananenboot!“, rief Sandro. Vor kurzem hätte ich noch viel darum gegeben, mit Yannick und auch mit Sandro und Lucy auf so einem Boot über das Wasser zu preschen. Aber jetzt, wo wir so schön beim Plaudern waren ...

„Meine Eltern erlauben uns das sicher nicht“, antwortete ich.

„Ah, die kriegen das gar nicht mit!“, meinte Lucy. Ich entschied mich trotzdem fürs Hierbleiben.

„Ich bin dabei!“, sagte Yannick und stand auf.

„Bist eh nicht böse?“, erkundigte sich Lucy, die irgendwie merkte, dass sie uns gestört hatte.

Nein, böse war ich nicht, aber ein bisschen traurig schon. Ich hatte eigentlich gehofft, dass Yannick bei mir bleiben würde ...

Partyfieber

Als ich zu unserem Strand zurückging, kam mir Sven entgegen. „Papa schickt mich. Er will wissen, wo Lucy steckt.“ Ich überlegte, ob ich sie verraten sollte oder nicht, aber da hatte Papa sie schon entdeckt.

Kaum hatte das Bananenboot wieder am Ufer angelegt, holte Papa Lucy zu uns und überhäufte sie mit Vorwürfen. Was da nicht alles hätte passieren können und dass sie zumindest vorher fragen hätte müssen, und das ganze Blabla, das Eltern halt in so einem Fall gerne auf einen niederprasseln lassen.

„Und dass ihr es gleich wisst: Heute geht ihr nach dem Abendessen auf euer Zimmer und das war’s dann!“, schloss er.

„Nein!“, schrie Lucy auf. „Nicht heute! Da gibt’s eine Beachparty, zu der bin ich eingeladen!“

Was, Lucy auch? Und warum bekam ich ebenfalls Zimmerarrest, wo ich doch gar nicht mitgefahren war?

„Weil du die Ältere bist. Du hättest sie davon abhalten müssen“, erklärte Mama.

„Beachparty?“, wiederholte Papa, als ob das etwas durch und durch Unanständiges wäre. „Könnt ihr vergessen!“

„Das ist nicht fair! Warum wollt ihr uns unbedingt den Urlaub verderben?“, beschwerte ich mich.

„Reg dich ab. Wir wollen nur verhindern, dass ihr mit irgendwelchen Leuten rumknutscht“, mischte sich „Bodyguard“ Sven ein. Dass sich dieser Dreikäsehoch in unser Erwachsenengespräch einmischte, machte mich noch wütender.

„Seit wann bist du mein Erziehungsberechtigter?“, fuhr ich ihn an. „Halt dich gefälligst da raus!“

„Sven hat Recht“, fiel auch Mama mir in den Rücken. „Ausnahmsweise“, fügte sie hinzu.

„Blödsinn! Wir möchten nur ein bisschen tanzen und Spaß haben! Das ist alles!“, antwortete Lucy.

„Also gut“, lenkte Papa ein, „bis elf Uhr dürft ihr bleiben.“

„Da geht's doch gerade erst richtig los“, protestierte ich.

„Bis elf oder gar nicht!“, entschied Mama.

„Oder wir gehen mit!“, ergänzte Papa.

„Zuzutrauen wär's ihm“, dachte ich. Papa hatte ein Talent dafür, uns in peinliche Situationen zu bringen. Ich zweifelte nicht einen Augenblick daran, dass er es wirklich tun würde.

„Deine Eltern haben Recht. Bis elf Uhr ist genug“, sagte Lucy schnell. Dabei zwinkerte sie mir heimlich zu.

So waren alle zufrieden: meine Eltern, weil sie glaubten, ihren Willen durchgesetzt zu haben. Sven, weil er wieder einmal Gelegenheit gehabt hatte, sich wichtig zu machen. Lucy und ich, weil uns schon noch etwas einfallen würde.

Vom Abendessen kamen wir erst um 21 Uhr zurück. Die Beachparty begann aber schon um 22 Uhr. Nur eine Stunde Zeit fürs Umziehen, Schminken und Frisieren. Das war viel zu knapp für die Nacht der Nächte. Denn Lucy und mir war natürlich klar, dass unser Wettkampf dem Höhepunkt zustrebte.
Heute um Mitternacht würde eine von uns geküsst werden. Oder auch beide. Aber eine zuerst. Und die war dann Siegerin.

Es war daher sehr wichtig, so verführerisch wie möglich auszusehen. Ich brauchte diesmal nicht lange, um das passende Outfit herauszufischen. Ich zog einfach meinen Lieblingsrock an. Die leuchtend gelben und korallroten Blüten auf schwarzem Grund und Volants am Rocksaum gaben ihm einen romantischen Touch und ließen mich wie eine Piratenbraut aussehen. Mein trägerloses rotes Top war die ideale Ergänzung dazu. Lucy entschied sich für hautenge schwarze Pants und ein bunt gemustertes hüftlanges Wickelshirt.

Beim Auftragen des Make-ups achtete ich darauf, meinen Mund nicht wesentlich größer zu malen, als er war, damit das Ergebnis nicht wieder Anlass zu Missverständnissen gab. Ein bisschen weniger Angelina und ein bisschen mehr Michelle stand mir gut, fand ich. Obwohl Mamas High Heels optisch einen schöneren Fuß gemacht hätten, zog ich meine flachen Ballerinas an. Schließlich war ein Strandspaziergang geplant und der sollte mit einem Kuss und nicht mit einem verstauchten Fuß enden! Lucy trug aus demselben Grund flache Sandalen mit goldfarbenen Riemchen.

Bei der Frisur war Lucy zeitmäßig im Vorteil. Sie brauchte ihre Borstenzipfel nur durchzukämmen. Ich wollte mir meine Haare zu verspielten Locken föhnen, und das dauerte natürlich länger. Aber Lucy half mir dabei und so schafften wir es tatsächlich, bis zehn Uhr Abend fix und fertig herausgeputzt zu sein. Wenn wir Sandro und Yannick nur halb so gut gefielen wie wir uns selbst, dann konnte eigentlich gar nichts mehr schieflaufen!

Da wir keine Chance hatten, mit unserem roten All-inclusive-Armband ins Hotel der blauen Bänder hineinzukommen, blieb uns nur der Weg über den Strand, um uns dazuzuschwindeln.

Aber als wir ans Ende des Palmengartens kamen, der das Hotel umgab, und vor dem Eingang zu unserem Strand standen, sahen wir uns plötzlich einem Security-Mann gegenüber, der unwahrscheinlich groß und stark aussah. Ungefähr so wie Seemann Popeye, nachdem er gerade ein Fass voll Spinat verdrückt hatte.

Er lächelte uns freundlich an und sagte: „No-no-no, Ladys! Strand gesperrt!"

Damit hatten wir nicht gerechnet! Wir gingen in den Garten zurück und überlegten, wie wir an unsere beiden

Süßen rankommen konnten. Die Hotelanlagen waren durch eine Mauer getrennt, die gut zwei Meter hoch war. Da konnten wir unmöglich drüberklettern.

Zum Glück hatte mir Yannick am Nachmittag nicht nur einige Informationen zu seiner Person, sondern auch seine Handynummer verraten. Und als hätte ich's geahnt, dass es Troubles geben würde, hatte ich mein Handy in meine Umhängetasche gesteckt. Natürlich hatte ich Yannicks Nummer eingespeichert. Es piepste drei Mal in der Leitung, dann meldete sich Yannick. Leider nur am Anrufbeantworter: „Hi. Bin gerade im All unterwegs, auf der Suche nach intelligentem Leben. Aber wenn du nach dem Pfeifton deinen Namen und deine Telefonnummer auswendig und fehlerfrei aufsagen kannst, hast du gute Chancen auf einen Rückruf ... piep! ..."

Na, das war ja direkt eine Marathonrede. Da musste Yannick einen sehr gesprächigen Tag gehabt haben, als er das aufgenommen hatte. Ich hatte zwar nicht viel Hoffnung, dass er sein Handy mitgenommen hatte, aber zur Sicherheit meldete ich mich doch: „Hallo Yannick! Hier spricht die gute Fee. Der Durchgang zu unserem Strand ist leider gesperrt. Da steht einer und lässt uns nicht vorbei. Das bedeutet: Wir können nicht am Meer entlang zu eurem Strand gehen. Wenn du Lucy und mich trotzdem zur Party reinschummeln kannst, hast du drei Wünsche frei."

Lucy hatte inzwischen nahe der Mauer einen Baum entdeckt, auf den man ganz gut klettern konnte. Aber auf der anderen Seite zwei Meter in die Tiefe zu springen und womöglich auf einem der zahlreichen Kakteen zu landen, wollten wir auch nicht riskieren.

Während Lucy etwas ratlos auf einem Ast hockte, klingelte mein Handy. Yannick! Er fragte, wo wir waren und versprach, sofort mit Sandro herzukommen. Fünf Minuten später rückten sie mit einem Plastiksessel an. Sandro stieg darauf und half Lucy, vom Ast auf die Mauer zu steigen. Von dort ließ sie sich auf den Sessel hinuntergleiten.

Ich hatte es ja kaum zu hoffen gewagt, aber Yannick kümmerte sich tatsächlich persönlich um mich. Ich bemühte mich sehr, meinen Rock nicht zu zerreißen und kletterte ebenfalls auf den Ast und mit Yannicks Hilfe auf die Mauer. Dort drehte ich mich um und wollte mich wie Lucy an der Mauer hinuntergleiten lassen. Aber Yannick war auf den Sessel gestiegen und hielt mich sofort an der Taille mit beiden Armen fest. Mir wurde heiß und kalt und wieder heiß. Von mir aus hätte er mich stundenlang so halten können, aber leider stellte er mich gleich auf dem Boden ab.

Auf dem Weg zur Open-air-Disco neben der Strandbar, wo die Party stattfand, pflückte er eine knallrote Hibiskusblüte von einem Strauch und steckte sie mir ins Haar. Dann sah er mich kurz an, um die Wirkung der Blume zu überprüfen. „Perfekt!“, sagte er. Dazu lächelte er mich total lieb an.

Ich war sprachlos. Nie hätte ich gedacht, dass dieser urcoole Typ so aufmerksam sein könnte. Ich meine: Geträumt habe ich schon davon, aber dass es auch wirklich wahr wurde, warf mich jetzt doch vom Hocker.

Ich wollte irgendetwas Nettes erwidern, so etwas wie „du schaust aber auch toll aus", ließ es aber bleiben. Es kam mir zu banal vor, zu allgemein. Außerdem klang es nach Schmeichelei. Dabei hätte ich ihm so viel zu sagen gehabt. Zu seinem Outfit zum Beispiel. Er trug eine weiße Dreiviertelhose, dazu ein giftgrünes Shirt mit einem weißen, freundlich lachenden Totenkopf darauf. Beides brachte seinen braungebrannten Teint super zur Geltung. Statt wie bisher ein rotes Piratenkopftuch, trug er diesmal ein schwarzes mit winzigen weißen Punkten. Seine Sonnenbrille hatte er immer noch auf, obwohl es schon dunkel war. Sie gab ihm diesen intellektuellen Touch, der mich so an ihm faszinierte.

Und wie er tanzte! Geschmeidig wie ein Panther und biegsam wie eine Schlange bewegte er sich. Jedes Mal, wenn er mich berührte – absichtlich oder unabsichtlich –, rieselte es mir kalt über den Rücken.

Und wie er mit den Augen sprach. „Ich finde dich sympathisch!", sagte er mir damit.

„Ich bin drauf und dran, mich in dich zu verknallen, ist dir das klar?", antwortete ich, ebenfalls nur mit den Augen, ganz ohne Worte.

Lucys helles Lachen riss mich aus meinen Gedanken. Ein Seitenblick auf sie und Sandro verriet mir, dass die beiden sich köstlich amüsierten. Sie tanzten ausgelassen zu den fröhlichen Salsa-Rhythmen. Vor allem Sandro erfand die irrsten Figuren und schnitt Grimassen. Lucy kicherte und gluckste und kam aus dem Lachen gar nicht mehr heraus.

Die Zeit verging viel zu rasch. Wir kamen nicht einmal dazu, unsere Fruchtsaftcocktails auszutrinken, da war es auch schon elf.

„Tja, wir müssen jetzt leider gehen ...", sagte ich. Sandro und Yannick sahen uns verständnislos an. Lucy erklärte ihnen die Abmachung mit meinen Eltern.

„Muss das sein?", fragte Yannick.

„Na ja, wenn ihr uns ganz lieb bittet, kommen wir vielleicht wieder", sagte ich. „Du kannst es dir ja mal wünschen. Zwei Wünsche hast du ja noch frei!"

„Wieso zwei? Ich dachte, es wären drei!?"

„Du wolltest mit mir tanzen. Also: Erster Wunsch erfüllt."

„Den zweiten können wir auch bald abhaken", dachte ich.

Yannick und Sandro begleiteten uns durch den Garten zur Mauer, die unsere beiden Hotels trennte. Plötzlich entdeckte Sandro eine Stelle, an der die Mauer zur Hälfte abgebröckelt war. Da konnten wir relativ problemlos darüberklettern.

Papa erwartete uns schon. Er stand vor unserer Zimmertür und sah demonstrativ auf seine Uhr. „Ihr habt um zehn Minuten überzogen. Es war ausgemacht, dass ihr um elf zurück seid. *Punkt* elf!“, betonte er.

„Du willst doch hoffentlich wegen läppischer zehn Minuten kein Theater machen“, sagte ich.

„Es geht ums Prinzip. Wenn wir etwas vereinbaren, dann haltet euch in Zukunft bitte daran.“

„Sonst können wir euch nicht mehr erlauben, so lange allein wegzubleiben“, ergänzte Mama, die inzwischen auch auf den Gang gekommen war.

„Tut mir leid“, entschuldigte ich mich und tat zerknirscht, in der Hoffnung, die beiden würden rasch wieder in ihr Zimmer gehen und ganz schnell einschlafen.

„Wird nicht wieder vorkommen!“, sagte Lucy.

Unsere Entschuldigung dürfte recht glaubwürdig rübergekommen sein, denn Mama und Papa nickten, wünschten uns eine gute Nacht und verschwanden in ihrem Zimmer. Lucy und ich legten uns in unsere Betten – angezogen. Eine halbe Stunde später schlichen wir wieder hinaus und sperrten die Tür ganz leise zu. Zur Sicherheit lauschten wir noch kurz an der Zimmertür meiner Eltern. Es war mucksmäuschenstill drinnen.

Ganz nah dran

Eine Viertelstunde vor Mitternacht waren wir wieder an der Strandbar. Die Zeit war denkbar knapp, wenn wir unsere Wette wie geplant heute zu Ende bringen wollten. Yannick saß an einem Tisch, hielt einen Käsetoast in der Hand und winkte mir zu. Ich fand es total süß, dass er auf mich gewartet und offensichtlich mit keinem anderen Mädchen getanzt hatte.

„Wo ist Sandro?", fragte Lucy und spähte nervös in die Runde.

„Irgendwo hinter der Bar. Er meldet sich zum Limbo-Tanzwettbewerb an", antwortete Yannick.

Der Limbotanz sollte um Mitternacht beginnen. Das war meine Chance! Lucy wurde hektisch. Sie sprang auf, um Sandro zu suchen, und ihn von der Teilnahme abzuhalten. Jetzt hieß es rasch handeln. Ich musste Yannick von hier weglocken.

„Es ist immer noch schwül, obwohl es so spät ist", begann ich.

„Vorne am Meer weht immer ein frischer Wind. Was hältst du von einem Strandspaziergang?", fragte Yannick.

Mein Herz schlug ein paar Salti vor Freude, als ich das hörte.

Am Strand zogen wir die Schuhe aus und gingen barfuß

auf dem feuchten, kühlen Sand. Die Wellen leckten uns die Zehen und Sohlen nass. Ich zeigte nach oben. „Schau, heute ist Vollmond."

„Oh, wie romantisch", spöttelte Yannick.

Es störte mich, dass er es auf diese ironische Art sagte. Bei Vollmond um Mitternacht am Strand spazieren zu gehen, noch dazu mit jemandem, in den man sich gerade verliebt hatte, war doch Romantik pur. Das war doch gar nicht mehr zu toppen! Warum musste er das ins Lächerliche ziehen?

Ich blieb stehen und versuchte, in seinem Gesicht zu lesen. Yannick blieb auch stehen und beobachtete mich.

„Nein, er hat es nicht ironisch gemeint", dachte ich. Er wollte nur seine Verlegenheit überspielen. Wollte nicht zugeben, dass auch er von der Atmosphäre dieser Sommernacht berührt war. Der Mond ließ Yannicks Gesichtszüge noch markanter als sonst erscheinen. Seine dunklen Haare glänzten wie mit silbrigem Flitter bestreut. Überhaupt sah er sensationell aus! Wie eine aus Stein gemeißelte Statue stand er da. Die ganze Szene mit uns und um uns herum hatte etwas Unwirkliches an sich.

Während ich ihn so anstarrte, fühlte ich, wie seine Coolness zerrann und schließlich verschwand. Wie von den leisen Wellen, die unsere Knöchel umspülten, weggeschwemmt. Zurück blieb ein ganz und gar ungewohnter Yannick. Verunsichert wartete er, dass ich etwas sagte.

Aber ich brachte kein Wort heraus. Er war so sagenhaft schön!

Endlich riss ich mich zusammen. „Du hast deinen dritten Wunsch noch nicht eingelöst", sagte ich.

Und dann geschah, was ich so sehr herbeigesehnt hatte. Er kam auf mich zu. Ganz langsam. Dann lächelte er mich an und umarmte mich. Zärtlich und fest zugleich. Mit geschlossenen Augen genoss ich diese magischen Momente und – natürlich! – Yannicks Kuss. Er schmeckte ganz toll nach Liebe, nach dem Salz des Meerwassers, das der Wind in die Luft wirbelte, und ein bisschen auch nach Käsetoast. Ich *liebe* Käsetoast!

Als ich Sekunden oder eine Ewigkeit später die Augen wieder öffnete, sah ich am Horizont einen Lichtpunkt vom Himmel auf die Erde sausen. „He Yannick! Eine Sternschnuppe!"

Aber als er hinsah, war sie schon wieder verloschen. „Jetzt darfst du dir auch etwas wünschen. Aber nicht verraten, sonst geht es nicht in Erfüllung", sagte er.

Ich brauchte gar nichts verraten. Yannick wusste auch so, was ich mir wünschte. Und küsste mich einfach noch einmal.

Ich hoffte so sehr, dass dieser Moment nie vorbeigehen würde. Ich hatte plötzlich Angst, dass der Mond ins Meer fallen oder sonst etwas Schreckliches passieren könnte, das unsere Zweisamkeit stören würde. Aber der

Mond fiel nicht vom Himmel. Dafür geschah etwas viel Schlimmeres, nämlich so ziemlich das genaue Gegenteil von dem, was ich mir bei der Sternschnuppe gewünscht hatte. Denn plötzlich hörte ich Lucys Stimme hinter mir: „Gratuliere, Michelle! Du hast gewonnen!“, rief sie.

„Gewonnen? Was denn?“, fragte Yannick. Er dachte wahrscheinlich an eine Tombola oder so was Ähnliches.

„Na unsere Wette“, erklärte ihm Lucy völlig überflüssigerweise. „Ihr seid uns schon im Flugzeug aufgefallen und da haben wir gewettet, wer von uns beiden zuerst einen Kuss von euch bekommt!“

Yannick war geschockt. „Einen ... Kuss?“, fragte er.

„Ja. An unserem Strand, um Mitternacht“, quasselte Lucy weiter.

Yannick fixierte mich mit einem Blick, als wollte er Giftpfeile aus seinen Augen auf mich abschießen.

„He, he! Was ist da los?“, rief plötzlich jemand. Es war unser Security. Er fuchtelte wild mit den Armen in der Luft herum, als wollte er einen lästigen Gelsenschwarm verscheuchen und rannte auf uns zu. Ich hatte gar nicht bemerkt, dass wir bei unserem Spaziergang am Meer entlang den Strandabschnitt von Yannicks Hotel verlassen hatten, und uns schon im Bereich unseres Hotels befanden.

Keiner von uns beachtete ihn.

„*Wie* war das noch mal?“, fragte Yannick. „Ihr habt gewettet, wer von uns beiden ...“

„Hab ich doch schon gesagt“, fiel Lucy ihm ins Wort. „Und wenn dein Bruder nicht so gierig darauf gewesen wäre, beim Limbotanzen mitzumachen, wär's ein echt spannendes Kopf-an-Kopf-Rennen geworden!“

„Danke, das reicht!“, fauchte er und lief davon.

„Hab ich was Falsches gesagt?“, fragte Lucy.

„Yannick! Warte, bleib stehen!“, rief ich ihm verzweifelt nach. „Das war nur am Anfang so, aber dann ist alles ganz anders gekommen.“

„Nix gekommen. Ihr geht jetzt! Aber rasch, rasch!“, mischte sich der Security-Mann ein.

Yannick drehte sich nicht einmal mehr um. Er ging weiter und verschwand hinter dem Bambuszaun, der den Strandabschnitt mit den Liegen von der Parkanlage trennte.

Kaum war Yannick außer Sichtweite, entlud sich mein ganzer Zorn auf Lucy.

„War das wirklich notwendig? Ausgerechnet jetzt?“, fuhr ich sie an.

„Worauf hätte ich denn warten sollen? Du hast die Wette gewonnen, ich hab dir gratuliert. Ich versteh überhaupt nicht, wieso du dich so aufregst. Freu dich lieber!“, gab sie zurück.

„Freuen? Worüber denn? Du hast doch gesehen, wie Yannick reagiert hat.“

„Na und? Lass ihn doch!“

„Spinnst du?“, schrie ich Lucy an.

Der Security versuchte sich als Friedensapostel: „Bitte ... Mademoiselles ... Ladys ... nicht schimpfen!“

„Hast du denn keine Augen im Kopf? Ich hab mich echt in ihn verknallt“, schrie ich weiter.

Endlich kapierte Lucy: „Oh!“, sagte sie. „Das ist blöd!“

„Scht! Hier wird nix geknallt!“, rief der Security.

„Aber du musst natürlich alles vermasseln“, warf ich Lucy vor.

„Tut mir leid, Michelle, aber das habe ich doch nicht wissen können.“

„Dein Tut-mir-leid-Gelabere kannst du dir sparen. Das nützt mir nämlich genau null!“

Der Security legte kurz seine Arme um unsere Schultern. „Nicht streiten! Schlafen gehen! Morgen alles wieder okay! Sicher!“, versuchte er uns zu beschwichtigen.

Nach dem Schock kamen mir nun die Tränen. „Lasst mich einfach in Ruhe, *alle*!“, rief ich und rannte los in Richtung Hotel.

Lucy stürzte hinter mir her. Ich drehte mich um. „Bleib, wo du bist, du hinterlistige Schlange! Ich will dich nie mehr sehen!“, brüllte ich sie an.

„Ach, halt die Klappe, du kindische Kuh!“, zischte sie.

„Seeehr brav! Gut Nacht, Mademoiselles!“, rief uns der Security-Mann nach, der offensichtlich nicht alles so genau mitbekommen hatte, aber erleichtert war, dass wir ihm seine Arbeit nicht mehr erschwerten.

Sendepause

Aber diese Nacht war weit davon entfernt, gut zu sein. Kaum hatten wir die Parkanlage erreicht, sahen wir drei Gestalten auf uns zulaufen: Papa voran, gefolgt von Mama und Sven. Die hatten mir gerade noch gefehlt! Wieso hatten sie bemerkt, dass wir zur Strandparty zurückgeschlichen waren?

„Ah, da seid ihr ja!“, stellte Papa wütend fest. Der sarkastische Unterton war nicht zu überhören. Und dann eskortierten sie uns bis in unser Zimmer. Ich warf mich aufs Bett. Lucy blieb sitzen. Mama und Papa redeten ununterbrochen auf uns ein. Aber leise, um die Leute in den benachbarten Zimmern nicht zu wecken. Sie steigerten sich rein und zählten so ziemlich alles auf, was uns hätte passieren können, und schlossen dann endlich mit dem Hinweis, dass wir uns in diesem Urlaub keinen Meter mehr von ihnen wegbewegen durften. Wenn sie gewusst hätten, dass mir das so was von egal war! Lucy wollte etwas erwidern, unterließ es dann aber. Sven war auffallend schweigsam.

„Danke Sven, das hast du gut gemacht“, sagte Mama beim Hinausgehen leise zu Sven.

Ich fuhr auf: „Was hat er gut gemacht?“, fragte ich.

„Die Fotos“, sagte Sven stolz. Ich hab ein paar Fotos

geschossen. Vom Strand. Weil der Mond so schön rund war ..."

Ich konnte nicht glauben, was ich da hörte. „*Was* hast du gemacht?"

„Reg dich nicht auf! Ich wollte nur den Zoom von deiner Kamera ausprobieren."

Um Mitternacht! Und natürlich rein zufällig, als wir dort gerade standen!

„Und dann ist Papa wach geworden und hat gefragt, was ich da mache. Da hab ich ihm eben die Fotos gezeigt. Dann hat er aus dem Fenster geschaut und gesehen, wie ihr gerade vom Strand heraufgekommen seid. Und dann hat er Mama geweckt und ... na ja, den Rest kennt ihr ja."

Mein Bruder! Hätte ich mir gleich denken können, dass er darin verwickelt war. Und er war auch noch stolz darauf, uns erwischt und verraten zu haben! Ich beschloss, ab sofort kein Wort mehr zu reden. Weder mit Sven noch mit meinen Eltern. Und mit Lucy schon gar nicht.

Obwohl es schon so spät – eigentlich: so früh – war, konnte ich nicht einschlafen. Zu viel war in den letzten Stunden geschehen. Ob Yannick wohl auch noch wach lag und grübelte? Dass er voll enttäuscht von mir war, konnte ich ihm nicht verübeln. Im Gegenteil. Durch sein Weglaufen hatte er zugegeben, dass auch er sich in mich verliebt hatte. Sonst wäre er doch einfach geblieben und hätte über unsere Wette gelacht. Aber er war wütend gewesen. Das hieß für mich, dass ich vielleicht doch eine Chance hatte, ihn zu versöhnen. Und die wollte ich nützen.

„Wenn er nicht mit mir sprechen will, dann werde ich ihm eben ein SMS schicken", dachte ich. Der Vollmond war hell genug, um den Text ins Handy zu tippen:

Hallo Yannick, tut mir echt leid, was heute passiert ist. Das mit der Wette stimmt. Aber dann hab ich mich total in dich verliebt. Hast du doch gespürt, oder? Bitte gib mir eine Chance. Ruf mich an! I ♥ you!

Als ich die Nachricht abgeschickt hatte, war mir etwas leichter. Ich stellte das Handy auf Vibration um und legte es neben meinen Kopfpolster. Vielleicht bereute Yannick schon, dass er so wütend geworden war, und wartete auf meine Entschuldigung. Dann war es gut möglich, dass er gleich auf mein SMS antwortete.

Als ich aufwachte, war es draußen schon hell. Lucy war im Bad und duschte. Hatte ich das Vibrieren nicht bemerkt? Ich sah nach. Nein, keine Nachricht von Yannick! Wahrscheinlich schlief er noch.

Lucy wollte, dass ich mit ihr gemeinsam frühstücken

ging. Aber ich hatte keinen Hunger. Und nicht die geringste Lust, mit ihr an einem Tisch zu sitzen.

„Verschwinde!“, pfauchte ich sie an.

Ich beschloss, den ganzen Tag im Zimmer zu verbringen. Aber Mama holte mich. Na klar, meine lieben Eltern wollten ihre aufmüpfige Tochter unter Kontrolle haben. So, wie sie es gestern angedroht hatten, schleppten sie mich mit an den Strand. Ich legte mich unter den Sonnenschirm nebenan und hoffte, dass sie mich wenigstens in Ruhe lassen würden. Lucy jedenfalls hatte begriffen, dass ich total sauer auf sie war. Sie planschte gelangweilt mit Sven im Meer und kümmerte sich nicht weiter um mich. Bis Sandro kam. Von da an hüpften sie gemeinsam über die immer höher werdenden Wellen. Lucy war ein Glückskind! Sandro war ihr wegen unserer Wette überhaupt nicht böse. Er hatte die Idee sicher witzig gefunden! Sonst würde er mit Lucy nicht so herumtollen.

Ich blinzelte hin und wieder zum Nachbarstrand. Yannick ließ sich nicht blicken. Auch mein Handy blieb still.

Als Papa Getränke für uns holen ging, wählte ich Yannicks Nummer. „Tüt-tüt-tüt ...“, meldete sich eine Stimme. „Hier ist die Mailbox der Nummer ...“ Ich legte auf und schickte Yannick noch ein SMS:

Bitte ruf mich an.
Ich muss unbedingt mit dir reden!

Aber dieser Mensch fand es nicht der Mühe wert, zu antworten!

„Du, Mama, beim Pool sind Marktstände aufgebaut. Kaufst du mir eine Trommel?“, fragte Sven, der in der Zwischenzeit zu uns gekommen war.

Ich hatte schon im Hotelfoyer gelesen, dass jeden Samstag Markttag war.

„Schauen wir einmal, was es so alles gibt“, sagte Mama und winkte Lucy zu.

„Ich hol sie“, rief Sven und rannte zum Wasser.

Sandro war auch neugierig, was die Händler alles mitgebracht hatten und lief mit Lucy voraus.

„Warum fragt mich niemand, ob ich mitkommen will“, dachte ich gekränkt.

„Möchtest du auch mitkommen?“, fragte Mama.

„Nein danke, sicher nicht!“, antwortete ich.

Papa blieb als Aufpasser bei mir.

Eine halbe Stunde später kamen Mama, Sven, Lucy und Sandro zurück. Klar, dass Sven seine Derbouka, die tunesische Trommel, bekommen hatte. Lucy hielt ein kleines Stoffkamel in der Hand und plapperte begeistert drauflos: „Schau, was Sandro mir geschenkt hat! Ist das nicht süß?“ Und dann erzählte sie mir, was für fantastische

Dinge bei den Ständen angeboten wurden: „Tolle Ringe und Halsketten aus Silber haben die.“

„Und so viele handbemalte Teller und Schüsseln“, schwärmte Mama, die sich auch gleich eine Obstschüssel gekauft hatte und irr stolz darauf war, dass sie den Preis um die Hälfte heruntergehandelt hatte.

„Und Kleider in allen Farben: meerblau, türkis, smaragdgrün, rosarot ...“, sprudelte es weiter aus Lucy heraus, „mit glitzernden Stickereien. Und Parfums, die supergut riechen ...“ Lucy war richtig aufgekratzt. Es dauerte mindestens zehn Minuten, bis sie bemerkte, dass ich andere Sorgen hatte als Kleider und Klimperzeugs, und dass mich ihre Arie aber so was von nicht interessierte ...

Flaschenpost

Am späten Vormittag endlich klingelte es kurz. Ein SMS von Yannick!

Es bestand aus zwei Worten:

Vergiss es!

Ich war am Boden zerstört.

Minuten danach klopfte mein Herz wie verrückt: Ich sah, wie Yannick zu seiner Liege ging, MP3-Player in der Hand, Kopfhörer im Ohr. Voll lässig, als ob nichts passiert wäre, legte er sich auf den Bauch und döste Musik hörend vor sich hin.

Ich wollte ganz cool bleiben. Wollte auf keinen Fall weinen. Aber dann konnte ich es doch nicht verhindern, dass mir die Tränen über die Wangen rannen. Ganze Bäche davon.

Plötzlich hörte ich ein leises „Klick!“ und gleich darauf noch eins. Ich fuhr hoch – und schaute direkt in das Objektiv meiner Kamera, die Sven in der Hand hielt.

„Gib sofort meinen Fotoapparat her!“, befahl ich ihm.

„Nein, den brauch ich noch!“, lautete seine Antwort.

„Wofür?“

„Sag ich nicht!“

Ich hatte keine Lust auf längere Diskussionen. Aufs Fotografieren aber auch nicht. „Gut, du kannst die Kamera behalten. Bis heute Abend. Aber dann will ich sie wiederhaben. Und keine Fotos mehr von mir. Verstanden?“

„Okay“, versprach Sven fröhlich und drückte noch einmal ab.

„So, jetzt reicht's aber!“, rief ich und wollte ihm den Fotoapparat aus der Hand nehmen. Aber er war schneller und lief damit davon – zum Nachbarstrand hinüber. Sandro und Lucy liefen ihm nach. – Das sah mir ganz nach Absprache aus. Was hatten sie vor?

Die drei liefen zu Yannick. Papa runzelte die Stirn, weil Lucy von uns weglief, sagte aber nichts. Mama blätterte wieder in einer Zeitschrift. „Schau, Michelle, in deinem Horoskop steht: ‚Lassen Sie sich nicht entmutigen, wenn nicht alles zu Ihrer Zufriedenheit läuft. Nach jedem Tief kommt wieder ein Hoch!‘“, sagte sie plötzlich zu mir. Als ob mich das Geschreibsel interessieren würde!

Lucy, Sandro und Sven standen mit dem Rücken zu mir und verdeckten so die Aussicht auf Yannick. Ich konnte nur erkennen, dass sie auf ihn einredeten. „Nett von euch“, dachte ich, „aber zwecklos.“ Yannick war einer von der sturen Sorte, das war mir inzwischen klar geworden.

Nach einer Weile nahm Sandro Anlauf, machte einen

Handstand und watschelte so ins Meer, wo er dann auf Tauchstation ging. Lucy und Sven kamen wieder zu uns. Sie warfen einander verschwörerische Blick zu und versuchten, nicht zu grinsen.

Yannick hatte MP3-Player und Kopfhörer weggelegt und saß mit angezogenen Beinen auf der Liege, den Kopf auf den Knien. Er wirkte nachdenklich. Irrte ich mich oder sah er tatsächlich zu mir herüber? Nach einer Weile stand er auf und ging ... nein, nicht zu mir, sondern zu seinem Hotel. Und ich hatte schon gehofft, er hätte sich überreden lassen und würde sich bei mir entschuldigen.

Als wir im Speisesaal beim Mittagessen saßen, huschte er auf einmal draußen vorbei. Er musste über den Strand zu unserem Hotel gekommen sein. Was hatte er hier zu suchen?

Ich kontrollierte zur Sicherheit mein Handy. Nein, er hatte kein SMS geschickt.

„Weil heute unser letzter Urlaubstag ist, schlage ich vor, dass wir alle gemeinsam zum Hafen bummeln gehen", sagte Papa nach dem Essen.

„Und auf ein Eis!", ergänzte Sven. Vorher wollte er aber noch schwimmen gehen. Lucy auch.

Kaum waren wir am Strand, kam auch schon Sandro angerannt. „Kommt mit, in fünf Minuten gibt's Aerobic am Pool", lud er Lucy und mich ein.

„Nein, danke, hab keine Lust", lehnte ich ab.

„Ich schon", sagte Lucy. Sie lief voraus und drehte

sich zu Sandro um. „Fang mich!“, rief sie ihm zu. Sandro hüpfte ihr übermütig mit Riesensprüngen wie eine Gazelle nach. Es tat mir weh, zu sehen, wie die beiden so fröhlich und unbeschwert herumalberten ... Ich war nicht wirklich neidisch auf Lucy, ich gönnte ihr die Freude. Nur: Mir selbst hätte ich sie halt auch gegönnt!

Plötzlich entdeckte ich Yannick im Wasser, nicht weit von unserem Strandplatz entfernt. Er hielt etwas in der Hand und winkte damit. Dann warf er das Ding in unsere Richtung und deutete mir, dass ich es holen sollte. Als ich aufstand, schwamm er schnell davon. Es war eine Getränkeflasche aus Kunststoff. Sie wurde von den Wellen in den Sand gespült. Von weitem hatte sie leer ausgesehen, aber als ich sie aufhob, merkte ich, dass etwas darin lag. Es war ein klein zusammengefalteter Zettel. Ich war sicher, dass Yannick mich von weitem beobachtete, als ich die Flasche öffnete. Kaum hatte ich das Mini-Päckchen herausgefischt, rutschte etwas heraus. Es war ein silberner Anhänger – ein Delfin! Auf den Zettel hatte Yannick nur ein Wort geschrieben:

Freunde?

Dass ein einziges Wort so glücklich machen kann! Schlagartig hatte es meine miese Stimmung in eine supergute Ferienlaune verzaubert. Na ja, die kleinen

Herzerln rundherum spielten natürlich auch eine gewisse Rolle. Meine Eltern, die von der Wette und ihren Folgen nichts wussten, aber längst gemerkt hatten, dass da was am Laufen war, fanden die Idee mit der Flaschenpost sehr originell.

„Frag deinen Yannick, ob er mit uns in die Stadt fahren will“, schlug Mama vor.

Das ließ ich mir nicht zweimal sagen. Ich sprang auf und rannte zu Yannick und er rannte zu mir. Am Ende konnten wir beide nicht mehr rechtzeitig bremsen und prallten in einer stürmischen Umarmung aufeinander. Yannick rieb sich die Nase, die an meine Stirn gestoßen war. Wir mussten beide lachen.

„Klick!“, machte es neben uns. Sven stand mit dem Fotoapparat in der Hand da und grinste wie ein Breitmaulfrosch. Diesmal war ich nicht mehr böse über sein Paparazzi-Foto. Wie denn auch? Schließlich hatte der Schnappschuss, der mich verheult und verzweifelt zeigte, Yannick und mich wieder zusammengebracht.

„Dadurch hab ich erst so richtig realisiert, dass du es ernst gemeint hast, und dass dir wirklich etwas an mir liegt“, erzählte mir Yannick später, als wir alle gemütlich und zufrieden am Hafen in einem Café beim Eis saßen.

Muss ich noch sagen, dass Yannick und ich von diesem Nachmittag an total happy waren? Dass wir uns am nächsten Tag erst mal trennen mussten, weil Yannick und Sandro mit ihrer Mutter noch eine Woche länger in Tunesien blieben, war natürlich ganz schön heavy. Aber immerhin hatten wir unsere Handys und konnten uns SMS schicken, bis die Tasten krachten.

Nach dem Abendessen gingen wir alle zusammen an den Strand. Sven und Yannick brachten ihre Derboukas mit und Yannick zeigte Sven einige Beats. Und dann ging's los. Volle Power! Sandro tanzte eine Art Bauchtanz, der irr witzig aussah und auf Papa so ansteckend wirkte, dass er hüftwackelnd mittanzte. Dabei reckte er seine Arme nach oben und fuchtelte mit den Händen im Kreis. Es sah aus, als würden zwei halbverhungerte Schlangen in der Wüste nach Futter Ausschau halten. Ich weiß nicht, was mehr Zuschauer anlockte: Yannicks und Svens Getrommle, Sandros und Papas wilder, eigenwilliger Tanzstil oder Mamas, Lucys und mein Gelächter. Jedenfalls standen im Nu eine Menge Leute um uns herum und lachten und tanzten mit. Total funny!

Tja, irgendwann geht jeder Urlaub zu Ende und wenn er so aufregend war wie unserer, kommt das Ende doppelt schnell. Da wir am nächsten Morgen schon früh vom Hotel abgeholt und zum Flugplatz gebracht wurden, mussten wir uns von Yannick und Sandro noch an diesem Abend verabschieden.

„Schau nicht gar so traurig drein", sagte Lucy zu mir,

„die beiden wohnen ja nicht am Ende der Welt!" Das stimmte. Sie wohnten zum Glück sogar in derselben Stadt wie wir. Wir konnten uns also auch nach dem Urlaub problemlos wiedersehen, wenn wir wollten. Lucy und ich hatten das auch vor. Aber wollten es auch Sandro und Yannick?

Sandro spreizte Daumen und kleinen Finger der rechten Hand und hielt sie ans Ohr, um ein Telefon anzudeuten. „Ich ruf dich an, sobald wir wieder daheim sind", versicherte er Lucy.

„Okay, warte, ich schreib dir meine Nummer auf!" Sie kramte nach einem Zettel.

„Nicht nötig. Ich hab sie doch längst im Handy gespeichert", sagte Sandro.

Aber Lucy war schon beim Schreiben. „Zur Sicherheit. Falls die Handydaten irgendwie verloren gehen!", meinte sie.

Ich wollte Yannick auch meine Nummer notieren. Denn Lucy hatte natürlich Recht. Man konnte nie wissen ... Aber er lehnte ab. „Ich kenn sie auswendig", sagte er und ratterte sie herunter.

„Wow!", staunte Sven, der mit Zahlen nicht so besonders viel am Hut hatte, und fügte hinzu: „Der muss ja megaverliebt in dich sein!" Genau so sah ich das auch.

Lucy erinnerte sich an die Pizza, die sie als Wetteinsatz für mich fabrizieren musste. „Hast du was dagegen, wenn ich Sandro und Yannick auch dazu einlade?“, fragte sie mich. Natürlich hatte ich nichts dagegen. Ganz im Gegenteil. „Ich helf dir beim Belegen“, versprach ich ihr.

Lucy und ich verabschiedeten uns von Sandro und Yannick mit einer kurzen, freundschaftlichen Umarmung – diesmal ohne Kuss, denn dafür gab es zu viele Zuschauer.

Kaum hatte Lucy in unserem Zimmer Licht gemacht, hörten wir leises Trommeln von draußen. Ich lief auf den Balkon. Da stand Yannick und spielte auf seiner Derbouka so eine Art Ständchen für mich. So ähnlich wie Romeo für seine Julia. Echt süß! Danach hauchte er einen Kuss auf seine Hand, blies ihn zu mir herauf und war auch schon wieder verschwunden.

Den Klang der Derboukas hatte ich noch im Ohr, als die Motoren des Fliegers auf der Startbahn dröhnten. Kaum war das Flugzeug hoch über den Wolken, stand Sven auf und spazierte mit prüfendem Blick durch die Reihen. Er machte dabei auf superwichtig und sah aus wie ein Lehrer, der nach einem Ausflug kontrolliert, ob auch keines seiner Schäfchen unterwegs verloren gegangen ist. Dann kam Sven zu Lucy und mir und flüsterte uns zu: „Dreht euch um – aber unauffällig!“, sagte er.

Wir schauten nach hinten, konnten aber nichts Besonderes entdecken.

„Na seht ihr nicht die drei coolen Typen dort in der letzten Reihe?“, sagte Sven. „Wenn ich die Namen rauskriege, schenkt ihr mir dann wieder eure Nachspeise?“

Lucy schüttelte den Kopf. „Kein Interesse!“, lehnte sie ab und ich stimmte ihr bei. Yannick war einfach Spitze und ich würde ihm immer und ewig treu bleiben. „Aber unsere Nachspeise kannst du trotzdem haben!“, versicherte ich dem raffiniertesten Bruder der Welt.

Weitere Lipgloss-Bücher

Lipgloss

Erste Liebe, Schule, Spaß

Die Freundinnen Patrizia und Charly möchten beide Florian erobern – für die eine ist es ein Spiel, die andere ist echt veknallt...

Edith Thabet
Dicke Luft & Pferdeduft
Ab 10 Jahren, 128 Seiten
ISBN 978-3-7074-1289-5

Kitty, die Neue in der Klasse, umgibt ein Geheimnis. Kann es wahr sein, dass sie wirklich und wahrhaftig eine Hexe ist?

Yvonne Bachleitner
Verhext, verknallt auf Wolke 7
Ab 10 Jahren, 128 Seiten
ISBN 978-3-7074-1191-1

Cath und Natalie sind die besten Freundinnen, ergänzen einander, sind unzertrennlich -- dann verlieben sie sich in denselben ...

Adele Sansone
Coole Tipps 4 coole Girls
Ab 10 Jahren, 128 Seiten
ISBN 978-3-7074-1393-9

Tim, der Chefredakteur der Schülerzeitung, steht ausgerechnet auf Gedichte! Wie kann Isi ihn beeindrucken?

Gabriele Diechler
Liebesbrief und Sommerküsse
Ab 10 Jahren, 128 Seiten
ISBN 978-3-7074-1147-8

Laura ist happy, denn Bekkie, das Glamour-Girl der Klasse, schmeißt eine Party für sie. Und Nico, Lauras Schwarm, ist auch eingeladen ...

Adele Sansone
Erster Kuss & Regenguss
Ab 10 Jahren, 128 Seiten
ISBN 978-3-7074-1066-2

Arianes Vater hat einen Haupttreffer in der Lotterie gemacht – ein Luxusleben winkt. Zudem lernt sie noch einen tollen Typen kennen ...

Christine Rettl
Luxus, Liebe, Partyzauber
Ab 10 Jahren, 128 Seiten
ISBN 978-3-7074-1105-8